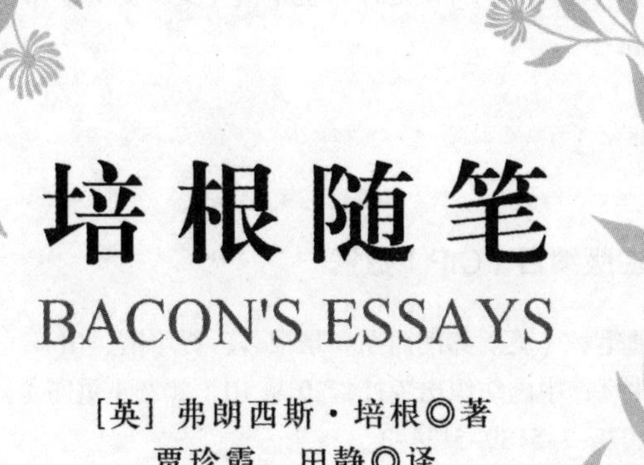

培根随笔

BACON'S ESSAYS

[英] 弗朗西斯·培根◎著
贾珍霞　田静◎译

中国纺织出版社
国家一级出版社
全国百佳图书出版单位

内 容 提 要

《培根随笔》是英国文艺复兴时期杰出的哲学家和文学家弗朗西斯·培根的作品集。书中谈及政治、经济、宗教、哲学、教育等诸多方面，共计五十八章，语言简练，说理透彻，是英国随笔文学的开山之作，也是世界文学史上最伟大的散文作品之一。

图书在版编目（CIP）数据

培根随笔 /（英）弗朗西斯·培根著；贾珍霞，田静译. -- 北京：中国纺织出版社，2019. 10（2025.1 重印）

ISBN 978-7-5180-5124-3

Ⅰ. ①培… Ⅱ. ①弗… ②贾… ③田… Ⅲ. ①随笔－作品集－英国－中世纪 Ⅳ. ① I561. 63

中国版本图书馆 CIP 数据核字（2018）第 120165 号

策划编辑：顾文卓　　特约编辑：徐　洪
责任校对：寇晨晨　　责任印制：储志伟

中国纺织出版社出版发行
地址：北京市朝阳区百子湾东里 A407 号楼　邮政编码：100124
销售电话：010—67004422　传真：010—87155801
http: //www.c–textilep. com
E–mail: faxing@c–textilep. com
中国纺织出版社天猫旗舰店
官方微博 http://weibo.com/2119887771
永清县晔盛亚胶印有限公司印刷　各地新华书店经销
2019 年 10 月第 1 版　2025 年 1 月第 2 次印刷
开本：880 × 1230　1/32　印张：6
字数：97 千字　定价：65.00 元

目录

CONTENTS

第一章　谈真理　/ 1
第二章　谈死亡　/ 4
第三章　谈宗教统一　/ 7
第四章　谈复仇　/ 12
第五章　谈逆境　/ 14
第六章　谈作假与掩饰　/ 16
第七章　谈父母与子女　/ 19
第八章　谈结婚与独身　/ 21
第九章　谈嫉妒　/ 23
第十章　谈爱情　/ 28
第十一章　谈权位　/ 30
第十二章　谈勇气　/ 35
第十三章　谈善良　/ 38
第十四章　谈贵族　/ 41
第十五章　谈叛乱　/ 43
第十六章　谈无神论　/ 50
第十七章　谈迷信　/ 54
第十八章　谈游历　/ 56
第十九章　谈帝王　/ 59
第二十章　谈谏议　/ 64
第二十一章　谈时机　/ 69
第二十二章　谈狡猾　/ 71
第二十三章　谈自谋者的聪明　/ 75
第二十四章　谈革新　/ 77
第二十五章　谈快捷　/ 79

第二十六章　谈假聪明　/ 82
第二十七章　谈友谊　/ 84
第二十八章　谈消费　/ 92
第二十九章　谈强国之道　/ 94
第三十章　谈养生之道　/ 103
第三十一章　谈猜疑　/ 105
第三十二章　谈辞令　/ 107
第三十三章　谈殖民　/ 110
第三十四章　谈财富　/ 113
第三十五章　谈预言　/ 117
第三十六章　谈野心　/ 120
第三十七章　谈宫廷表演　/ 123
第三十八章　谈人的本性　/ 125
第三十九章　谈习惯与教育　/ 128
第四十章　谈运气　/ 130
第四十一章　谈放债　/ 132
第四十二章　谈年轻与年老　/ 136
第四十三章　谈美　/ 139
第四十四章　谈残疾　/ 141
第四十五章　谈建筑　/ 143
第四十六章　谈园艺　/ 148
第四十七章　谈磋商　/ 155
第四十八章　谈随从　/ 157
第四十九章　谈委托　/ 159
第五十章　谈学习　/ 162
第五十一章　谈党派　/ 164
第五十二章　谈礼节　/ 166
第五十三章　谈称赞　/ 168
第五十四章　谈虚荣　/ 170
第五十五章　谈荣誉　/ 173
第五十六章　谈司法　/ 175
第五十七章　谈怒气　/ 180
第五十八章　谈变迁　/ 183

第一章
谈真理

“真理是什么？”彼拉多曾经玩世不恭地问。他提出这个问题的目的当然不是为了得到答案。世人多变，他们认为固定一种信仰就等于自己给自己戴上了枷锁，会将思想行为束缚住、不得自由。虽然秉持类似看法的哲学流派俱已往矣，但如今，持这种观点者却仍大有人在——尽管他们的观念未必比得上古人那样清晰明确。人们之所以宁愿抛弃真理去追随伪说，可能是因为探索真理常常是道阻且长的，可能是因为笃信真理会束缚人的思想，更确定的原因应该还是伪说更能迎合人性中的那些本能的“恶”。后来希腊的哲学家曾经专门探讨过这一问题，因为他不能理解伪说中究竟有什么东西如此具有迷惑性竟然使人们甘愿爱它。因为伪说既不如诗那般优美，又不像经商能让人致富。我也不懂这究竟是因为什么。真理就像是纯粹的白昼之光，世间一切事物如歌剧、表演、庆典在白昼之光的照耀下，其效果都不如在黑夜烛火的映衬下那么神秘美丽。真理的价值在世人眼中约等于一颗珍珠，在日光下看起来固然好，但是它绝对比不过那在各种不同的人工光线下显得耀眼的钻石和红宝石。真假混杂的道理听上去更让人愉悦。假如我们拿走人们心里的虚荣虚妄的自我估计、各种异想天开的揣想，许多人的内心就变得渺小、空虚、丑陋，甚至他们自己都会感到厌恶。对于这一点，有人怀疑吗？曾经有位先哲责备诗是“魔鬼迷幻之酒”，因为诗不仅出自幻想，还总带有一些虚幻的成分。但实际上，诗哪里比得上伪说更能迷惑人心呢？真正害人不浅的不是那从心中经过的伪说，而是那些能够沉入心中、盘踞心中不走的伪说。但不管人们的判断力是如何低下、喜好是如何的偏颇，只要接触到了真理，就能够被它征服。它能让我们追求真理并与之共存、认识真理并勇于面对、笃信真理并敢于皈依，而这才是人性的至高境界。当上帝创世之时，他所创造的第一件东西就是感官的光明；他所创造的最后一件东西就是理智的光明；上帝把光明赐予混沌的世界，又在安息日以他的圣灵昭示世人，并且至今他仍把他神圣的光辉赐予他所恩宠的信众。有一个学派在很多方面都比不上其他学派，但是这一学派有一位诗人却因为向往真理而流芳百世。他说：“站在高岸上遥看颠簸于大海中的航船是愉快的，站在堡垒中遥看激战中的战场也是愉快的，但是没有什么能比攀登于真理的高峰，俯视尘世中的种种谬误与迷障、烟雾和曲折更愉快的了！”只要这名俯看者不骄傲自满，那么这句话就说得好极了！当然，一个人的内心如果能充满仁爱，遵循天意，行为永远以真理为轴而转动，那他虽在人间，也就等于步入了天堂。

以上我们谈了神学和哲学方面的真理，接下来还要谈谈实践的真理。即使是那些根本不相信真理的人，也不得不承认坦白正直是一种崇高的品德。伪善正如假币，也许可以骗取到财产，但它毕竟不能体现真正的价值。欺诈的行为像蛇，它无法用足站立，而只能靠肚皮爬行。没有什么罪恶比虚伪欺诈更可耻了。所以蒙田在探究"骗子"这个词时说："仔细想想，指责某人说谎就等于说他对上帝很大胆、对世人很惧怕。"确实是这样。曾经有一个预言，说耶稣重返人间的那一刻，就是在大地上找不到诚实者的时刻。谎言可说是请上帝来裁判人类的最后钟声。对于虚伪和欺诈者们，这可真是一个严重的警告。

第二章
谈死亡

成人对于死亡的恐惧，就像儿童对于黑暗的恐惧一样，随着听到的故事、经历的事情增多，也逐渐地增大。实际上，畏惧死亡的到来，不如寻求宗教的虔诚，冷静地看待死亡，将死亡看作是人生必不可免的归宿以及今生罪孽的偿还。如果将死亡看作是人类对于大自然不可避免、无奈的献祭，必然会使人类对死亡充满了懦弱地恐惧。但是同样，关于死亡的虔诚也不可避免地掺杂着迷信与虚妄。从一些修士的苦行录中我们可以看到这样的说法：手指受伤何其疼痛，那么当死亡侵蚀人的身体时，相比之下，痛苦不知要放大多少倍！其实，死亡所带来的苦痛不一定会比手指受伤厉害——人身上致命的器官，不一定是感觉最灵敏的地方。所以，一位以哲人和凡人双重身份立言的先辈说得对："死亡所伴随的一切比死亡本身要更可怕。"死前的呻吟、抽搐、面色惨白、亲友的哀恸、丧具与葬仪，种种不祥将整个死亡的氛围衬托得十分可怖。然而，人的心灵并非不堪一击，并非不能抵御死亡的恐惧。人类可以召唤自己的伙伴，从中获取力量，帮助自己脱离恐惧：复仇打败死亡，爱情蔑视死亡，荣誉使人主动献身于死亡，哀痛使人奔赴死亡，而懦弱却使人在死亡未达前心已如死灰。在历史中我们看到，罗马帝国皇帝奥索伏剑自杀后，他的臣仆们出于忠诚的同情（不得不说，这是一种软弱的感情），而甘愿赴死殉难。塞涅卜说："一个人即使没有英勇的气概和悲惨的命运，生活中反反复复的事情使人陷入疲劳与厌倦，也会使人萌发轻生之念。"但需要特别指出的是，死亡永远无法征服那些伟大的灵魂。这类人，即使到了生命终结，也始终如一，不失本色。奥古斯都·恺撒弥离之际依然在歌颂爱人："别了，利维娅，别忘了我们在一起的美好时光！"提比略不理会死亡逼近的脚步，如塔西佗所记："他身体日渐衰弱，但风采不减，敏锐如初。"菲斯帕斯则以幽默的方式恭候死神的降临，他坐在椅子上说：

“难道我不是要死后封神的吗？”加尔巴引颈受戮，如是陈词：“动手吧，只要这对罗马有利！”随后从容赴死。塞普蒂默斯·塞维鲁临死前的遗言是：“还有什么我应该做的事，抓紧时间吧！”诸如此类，不胜枚举。诚然，那些斯多葛派的学者过于看重死亡，不厌其烦地讨论死前的各种准备，这使死亡变得更加可怖起来。有人说得好：“生命的终结是自然的恩惠。”死亡与新生都是自然的产物，婴儿的降生也许与死亡一样充满痛苦。在激情中受伤的人无暇感受痛苦，也正如一颗强大坚定、坚守信念的心灵不会因死亡的临近而陷入恐惧。更重要的是，最甜美的挽歌无非是在一个人获得价值、心无遗憾之后欣然祝祷：“上帝啊，请让您忠实的仆人安然离去。”死亡能够打开名誉之门、熄灭嫉妒之火。“生前受人嫉妒的人，死后为世人所敬仰。”

第三章

谈宗教统一

宗教作为人类社会的主要维系，若宗教信仰统一，则实属幸事。关于宗教的争论和分歧是异教徒感到十分陌生的事。大概因为异教徒的宗教关注的只是那些典礼和仪式，并非坚定不移的信仰。他们的教会中神父与祝祷都是些诗人，可想而知这种宗教是个什么样子了。但是我们的上帝却是一位 " 好妒的神 "，他既不允许有不纯的信念，也不允许奉祀异教的神灵。所以，我们想探讨一下如何保持宗教的统一这一问题。

宗教统一的重要性仅次于取悦上帝，其结果包括两部分：一是对于教外人士的，一是对于教内人士的。对于前者，异教与其信徒是玷污圣灵的，是一切道德败坏中的最恶者。因为，如同肉体上的创伤或缺失，其危害大于败坏的体液一样，精神上亦会如此。所以，没有什么比散布异端邪说更具有破坏性了。它使在外者远离教堂，在内者退出教堂，这犹如有人呼唤“看啊，基督正在旷野之中！”而另一些人也在呼唤“看啊，基督正在圣坛之上！”那我们究竟追随谁呢？也就是说，在这种情况下，我们恐怕只有一个对策，那就是基督自己说过的一句话：“你们既不要出去，也都不要相信！”那些异教徒的宗师（他的使命的特性使他对于教外人士特别在意）说：“如果一个异教徒听到你们这些各说各话的教义，他恐怕只会认为这里有一群疯子。”再者，无神论者和世俗之人，听到宗教矛盾冲突之多，宁可远离神殿，而“坐在亵慢者的座位”上了。从前一位讽刺大师在自己虚构的丛书中列出了这样一本书名：《异端的莫里斯舞》。也许有读者会认为，在谈论如此重大的问题时，援引此例未免显得不太恭敬，然而这位作家所嘲弄的却正是异端攻讦者可笑的嘴脸。

信仰一致会给教徒带来和平，和平能带来幸福，和平能树立信仰，和平能培养仁心。宗教外在的和平能纯化为内在的和平，并且把写读争论文章的工夫转移到写读忏悔和敬神的文章方向去。

至于如何使信仰一致，这也很重要，其中有两种极端的看法。在激进派看来，一切目的在于调和的话都是可憎的。“耶户？是和平吗？”——“和平与否与你何干？跟在我后面便是了。”和平并不重要，重要的是跟随，是结党。与之相反的是，一些老教派认为他们可以协调矛盾，用迁就的方法保持中立，就好像他们能在上帝和凡人之间做出公断一样。如上两种极端都应避免，要做到这一点，必须将救活世主亲自起草的《基督徒盟约》中的两句解释得中肯明白。这两句就是“不帮助我们的就是反对我们的”和“不反对我们的就是帮助我们的”。就是应该保证信仰的大前提，其他观点上、教义上和解释上的小差别，大可以求大同存小异，而不应该因此煽动分裂。这个问题看上去很简单，但是做到的人很少。不同政见少了，坚定信仰的人就多了。

对此我有一点见解。大家应该注意到，往往是两种性质的争论导致宗教分裂。一种是所争的点其实非常细小，根本不值得那么激烈的争执，后来的分歧其实都是无休止的争论引发出来的。一位先哲曾这样说过：“基督的外衣确是无缝的，但是教会的衣服却是多色的。”他又说：“可以让衣袍有多种色彩，却不要有撕裂之处。”原来宗教的“统一”与“划一”是两件事。另一种就是所争的点是很重要的，然而争论到了最后反而趋于过分微妙甚至观点模糊，以致这种争论最后变得不切实际。一位有识之士有时会听到一些无知的人发表其所谓不同的意见，会遇到一些浅学之辈提出某种浮于表面的异议，然而他心里却很明白这些人的意思其实是同一件事。人与人之间尚且如此，那么，明察世人的上帝难道还不能超越那些表面的纷争而洞察其中的实质吗？关于这种争论，圣保罗曾警告我们：“不要滥用新奇的名词，制造似是而非的虚谈。”但事实上，一些人专门喜欢制造实际并无其事的冲突，并采用那些新鲜的名词来命名它，又让这些名词来支配意义，而不是反过来让意义支配名词。所谓的“统一”，还有两种虚假的情况：一种是以盲从的愚昧为基础，比如在黑暗中，所有的颜色看起来都是一样的；另一种是以全盘接受本质上互相矛盾的两处共存。结果就是真理和谬误被搅在一起，就像尼布甲尼撒王塑像脚趾上的铁和泥。他们也许可以互相依附，但是绝对不会融为一体。

要保证真正信仰的一致，人们要注意，不可在为了追逐宗教的统一的过程中，伤害博爱的大义和人世的准则。基督徒有两把剑，灵魂的和尘世的，这两者在保护宗教上都各有其用。但是我们绝对不可以拿起那第三把剑来，那就是穆罕默德的剑，或是诸如此类的剑。意思就是不能以战争为传教工具，以武力、流血和屠杀来强制地推行一种信仰，那是违背天意的，是用上帝的一种训谕去否定他另一种训谕。除非是遇见有明目张胆亵渎神明的行为，或者将宗教混于不利国家的阴谋的时候。亦不可暗蓄异志，明助阴谋和反叛，授平民以刀剑。要知道，上帝认为人类不仅是基督徒，而且首先应该是人。所以当罗马诗人卢克莱修看到阿伽门农王用亲生女儿献祭时，叹息说："谁能想到宗教信仰竟能使人犯下如此的罪恶！"但如果他能看到法国的大屠杀以及英国信徒的火药阴谋，他就会更有理由发出这样的感叹，并且更坚决地反对宗教和主张无神论了。所以此尘世的剑，在为了宗教而拔出的时候，需要慎之又慎，更别说把它放在一般平民的手上，那真是一种荒唐之极的举动！这种事情也只有那些极端的和再洗礼派才干得出来。魔鬼说："我要上升直至与上帝并驾齐驱"，这当然是很严重的亵渎神灵的言论。但是，如果让上帝化为人身，并让他说出"我将降临人间与黑暗之王一样"，那不是更大的亵渎神灵之言吗？但若使用宗教大义谋杀君王、屠戮人民、颠覆国家政权，就像把圣灵的徽识上的鸽子改变成兀鹰和乌鸦，把基督的船只挂上海盗和杀手的旗号一样，这些不都是亵渎神灵的行为吗?

因此，对于一切以宗教名义进行的暴力行为，以及一切为这种行为辩护的歪理邪说，人君都应当借助他们剑，学问界借助他们的笔，犹如挥动墨丘利的权杖，无情地将其投诸地狱。在一切关于宗教的言论当中，无疑那位使徒的话首当其冲:“人之怒气不能成就正义。”有一位睿智的前辈说过:“凡施压强制别人的人，肯定出自本身的目的和私利。”这话很值得注意，并且发人深省。

第四章

谈复仇

复仇是一种原始的公道。人的天性越是向着它，法律就越应该铲除它。因为最初的罪行不过是触犯了法律，而复仇却夺了法律的职责。无疑，复仇只能让你与伤害你的人扯平。然而，如果有度量宽恕别人的冒犯，就使你与冒犯者相比高出一等。这种宽恕的大度就叫作君子。所罗门曾说过一句话："人有怨仇而不报，乃我之荣耀。"过去的事情毕竟过去了，是不能再挽回的。聪明人总是着眼于现在和未来，不忘旧怨只能白白让人耗费心力。没有人是为了作恶而作恶的，无一例外一定是为了取得利益、乐趣荣誉……既然如此，又何必为了一个爱己胜过爱我之人而发怒呢？即便有人是因为本性恶而作恶，那又怎么样呢？他们不过是像荆棘一样，除了扎人没有别的功用啊！复仇中最情有可原的是那种因为法律没有追究而选择报复恶行的不得已的情况，但是复仇者应该注意自身的行为最好避免违反法律，避免遭到法律的制裁。否则恶行者在某种意义上是取得了两次胜利：一次是他行恶行，另一次是你因为报复他而受到了惩罚。有些人在报仇之前会让对方知道事情的缘由，这是大度的报仇，因为报仇的目的就在于使对方悔罪而不是在于使对方受苦。而小人的报仇，宛如黑暗中飞来的暗箭难以察觉。佛罗伦萨公爵科西莫认为无义与忘恩的朋友无法被原谅，他曾坚决地说："圣书中要求我们原谅敌人，却从未要求我们原谅朋友。"然而约伯的话格调更高一些，他说："难道我们从上帝手里得福，不也受祸吗？"推及朋友，也是如此。一个人如果执念复仇，那他就是把自己的伤疤时时掀开，使其流血长新，否则这个伤口早就该愈合了。报公仇的结局往往多半是好的，比如恺撒之死、珀提纳克斯之死、法兰西王亨利三世之死等诸如此类。然而私仇的报复并不是这样。含恨执着报复的人的生活往往如妖巫一般，他们为报复而活，亦不利于己，为报复而死，亦有害于人。

第五章

谈逆境

“幸运能带来希望，厄运则能带来惊奇叹赏。”这是塞涅卡效仿斯多葛学派的一句名言。确实，如果说奇迹是超乎寻常的，那它往往是人在征服逆境中显现出来的。塞涅卡还曾说过一句更深刻的名言（此言出自一个异教徒之口，实在高明深刻）：“一个人的伟大在于他有着凡人的脆弱肉体又有神性的不可战胜。”这句话美得像一首诗，意味深长。古代的诗人常常在他们的作品中描写：当赫拉克勒斯去解救普罗米修斯的时候，他是乘坐一个瓦罐漂渡重洋的。基督徒以血肉之躯乘坐区区瓦罐渡过凶险翻滚的海洋的决心，在故事中被活灵活现地表现出来。面对幸运，我们需要的是节制；面对逆境，我们需要的是坚韧。从伦理上看，后者是一种更难得的美德。所以，《旧约》把顺境看作神的福赐，而《新约》则把逆境看作神的恩惠。因为上帝正是在逆境中才会给人以更深刻的恩惠与启示。如果你聆听《旧约》

中大卫的琴声，你所听到的并不仅仅是颂歌，还有像颂歌一样多的哀音。而圣灵的图画对约伯所受的苦难远比对所罗门的荣华刻画得要更生动形象得多。幸福往往伴随着忧虑与烦恼，逆境也能带来慰藉与希望。在赏玩刺绣时，暗沉底子上的明快图案总是比鲜亮底子上的黯淡图案更为悦目。因此，让我们从悦目推问心灵之乐吧。毫无疑问，美德犹如名贵的香料，只有在焚烧碾碎时才会散发出最浓郁的芳香。恶行会在无节制的幸福中被揭露，美德却能在逆境中放射光辉。

第六章

谈作假与掩饰

掩饰是弱者求生存的策略，因为强者是无需掩饰的。何时应该说真话、何时应该行真事，需要坚定的意志与品质。所以说，政治家中那些处于弱势地位的人都是最擅于掩饰的。

塔西佗曾经说过：“莉维亚兼有其丈夫的智慧和其儿子的掩饰。”意思是她的雄才谋略来自奥古斯都，她的深藏不露来自提比略。塔西佗还说：“当穆西亚努斯鼓动菲斯帕斯进攻维特利乌斯时，他这样说：‘我们的敌人，既不具有奥古斯都明察秋毫的智慧，也不具有提比略含而不露的深沉。’”计谋与韬略、掩饰或诡秘，的确是不同的习惯与才能，我们确实需要仔细辨别。一个人需要具有深刻的洞察力，才能适时判断出什么事应当公开做，什么事应当秘密做，什么事应当若明若暗地做，以及把握其中的界限与分寸（这就是塔西佗所谓的那种“立身治国”的政治艺术）。一个人如果不具备这种洞察力，又想加以掩饰，以至于在讲话时畏畏缩缩、吞吞吐吐，这就暴露了他的弱点。强者往往光明磊落、能谋善断。他们就像那种训练有素、善于辨识停步转向时机的马匹一样，既懂得何时应该坦率，何时又必须沉默。即使他们因不得已的原因而掩饰，也会因为人们平时一贯的信任而不会被识破。

掩饰的策略可分为上、中、下三种。上策即为沉默，沉默使他人完全没有探寻秘密的机会。中策是释放烟雾，转移注意，就是要故意露出端倪与破绽，以掩盖更深层次的秘密。下策是积极作假，就是故意设置陷阱，布下迷阵，以假乱真。

关于上策，善于沉默的人往往能获得他人的信任，这种美德我们常常可以在神父身上看到。神父有很多机会听到人们的忏悔，没有人乐意将自己的秘密告诉一个多嘴多舌的人。就像真空吸引空气一样，善于沉默的人容易吸引人们向他吐露心中深藏的秘密，因为人性使得人们愿意向一个他认为可以保守秘密的人去倾诉，来获得心灵上的舒缓。因此，沉默是获得他人隐私的最佳手段。况且，赤裸裸的暴露总是令人害羞的（无论是肉体上或是精神上）。一个善于沉默的人显得更加自尊，所以善于沉默也是一种品德修养。我们可以发现，那些多嘴多舌的人多半生活空虚、面目可憎。他们不但议论知道的事情，还议论他们不知道的事情。另外，沉默不仅表现在言语节制方面，还应该控制表情，把说话的任务留给舌头，表情是反映内心活动的，有时它比语言还要引人注意和被人信任。

再说中策，掩饰和伪装有时是必需的，尤其在一个人对某事知情，却不得不保持沉默的时候。对知情者，别人一定会提出各种各样问题，即使知情者保持沉默，敏锐的人也能从这种沉默中探查到某些痕迹，跟他说出来没有两样。如果含糊其辞，故弄玄虚，那也无法维持长久。所以谁也无法保密，除非他留给自己一点掩饰的余地，掩饰可以说是保密的裙裾。

至于下策，即作假。在我看来，即使它在当时有效，但归根结底，坏处一定远远超过好处。与其说作假并不聪明也不高明，倒不如说是一种邪恶。起因不是生性虚伪，就是天生胆小，要不就是因为有重大的心理缺陷。因为这些弱点必须掩盖，便不得不在别的事情上作假，以防技艺荒疏。

谎言有三个好处：第一可以迷惑对手，麻痹敌人；因为人的意图一公开，那就等于发出了唤醒反对者的警报。第二可以留有余地，掩护退却；如果一个人发表了宣言，为了言而有信，他就必须一干到底，要么只有接受失败的下场。第三可以用谎言作为诱饵，探悉对方的意图；因为对于一个开诚布公的人，别人很难表示反对，就索性让他继续说下去，他们只好闭上嘴巴，心里做事。所以西班牙有一句妙语："抛出假象，换取实情。"言下之意似乎是真相只能靠作假发现，舍此更无他途。但不得不说，谎言还有三大坏处：第一说谎者永远是弱者，无论是处理何种事务，这样的表现都会扰乱射出的羽箭，使之无法直接命中鹄的；第二谎言也迷惑了朋友，从而容易失去伙伴，使人不得不在几近单枪匹马的情况下走向自己的目标；第三，这也是最严重的坏处，就是说谎使人失去人格，毁掉人们的信任。因此，聪明的做法，就是要树立自身真诚坦荡的形象，合理稳妥运用掩饰策略。不到万不得已，不要做作假之事。

第七章
谈父母与子女

在子女面前，父母不得不隐藏他们的快乐、烦恼与恐惧。他们的快乐无法表达，他们的烦恼与恐惧也无处诉说。子女使他们的劳苦变得幸福，却也使他们的不幸变得更加痛苦。子女增加了父母的生活负担，却也减轻了他们对于死亡的恐惧。传宗接代是动物的共性，功成名就则是人类的追求。没有子女的人往往成就功名，这类人无从彰显自己的肉体形象，于是便极力彰显自己的精神形象。没有子女的人反而最关心传承之事。创立家业的人对子女期望最大，因为子女不仅是血脉的传承，还是事业的延续，更是他们创造的“作品”本身。

父母，特别是母亲，对于子女往往是厚此薄彼。所罗门曾经告诫人说：“聪明的儿子使父亲欢乐，愚蠢的儿子使母亲蒙羞。”在一个家庭中，最年长或最年幼的孩子最有可能得到偏爱、唯有排行居中的子女容易被忽视，但他们却往往是最有出息的。对待年幼的子女不宜过于吝啬，否则会使他们变得卑微下贱、投机取巧，甚至堕入歧途，待有朝一日变得富裕也会挥霍无度。聪明的父母在对子女管理上应当是严格的，而在金钱上则不妨略为宽松，这样才能收到较好的效果。

无论是父母、教师还是家仆，人们总是鼓励童年时期的兄弟姐妹竞争，此等愚行往往导致成年之后兄弟姐妹失和。意大利人的风俗是对子女和侄甥一视同仁，亲密无间。这是很可取的，而且这种风俗符合自然的血统关系。其实许多侄子侄女都会更像他的某位叔伯或者其他亲属。在子女年岁尚幼时，父母应当注意引导他们的兴趣以及将来的职业方向，并着重培养，因为这时候的孩子最容易塑造。但要注意，孩子小时候所喜欢的，并不一定是他们长大后要终身从事的职业。如果孩子的确在某些方面具有超群的天赋，那当然应该着重培养。但大多数情况，请记住下面这句格言："选择最好的道路，习惯将使它变得轻松愉悦。"另外，子女中得不到遗产继承权的幼子，常常可以依靠自身的努力获得良好的发展。相反，坐享其成者，却很少能成就功业。

第八章
谈结婚与独身

妻子与子女是男人向上帝缴纳的质押品，因为妻子与子女是男人成就大事的障碍，此“大事”包括大善举和大恶行。确实，获得最大功名与成就的男人是无家室所累的，因为只有这种人，才能够无私地把他的全部情感与财产都奉献给公众。而那种有家有室的人，恐怕只想把自己的财产留给自己的后代，从另一个角度，有子女的人也就更关注未来。有些人过着独身的生活，他们的心里只顾自己本身，认为将来无关紧要。还有些人认为妻子与子女只是多了些许开销，更有甚者，有些富有又愚蠢的人以没有子女为傲，认为这样在别人眼里的他们就更富有了。可能他们听过这样的话，有人说：“某某人是个富人”，而另一个人则不敢苟同：“是的，可是他有很多子女要养活”，好像子女会减损个人财富似的。然而独身生活最普遍的原因是对于自由的追求，尤其对于一些注重自身且任性的人来说，往往这些人对于家庭的牵累约束非常敏感，腰带袜带对于这些人来说都能称得上锁链。独身的人可以是最好的朋友、最好的主人、最好的仆人，但是不会是最好的臣子。因为他们很容易远走高飞，那些逃亡的人也多是单身汉。独身生活更适合教士，因为慈善之举若先给予妻子与子女，则难以普及众生。而对于法官或官吏来说，独身与否并无太大关系，因为假如他们耳朵软且贪婪，则仆人谗言的危害将远远大于妻子的耳边风。至于军人，妻子儿女是将军训诫士兵时最好的台词，所以土耳其人对婚姻的轻视使其士兵的品性更加卑劣。妻子儿女使人性得到锻炼，但独身者更能慷慨好施，因为经济相对比较宽裕，可与此同时，他们也更为残酷狠心（这一点非常适合做审判官），因为很难唤起他们的恻隐之心。天性严肃之人，多恪守传统，往往能够心志不移，对妻子忠贞。就像尤利西斯说过的："宁要老妻，不要永生。"贞洁的妇人往往桀骜不驯，以为只要贞洁便可以恣意妄为。假如其丈夫明理通达，那就将使她保持贞操及柔顺；然而假如其丈夫妒忌心重，她就会觉得其愚蠢而不可靠。妻子是年轻时的情人，中年时的伴侣，老年时的护工，所以任何时候男人娶妻都是很有道理的。但问及一位智者什么时间是娶妻的最佳时间时，他说："年少时候未到，年老已无必要。"我们常常看到恶劣的丈夫会有很好的妻子，可能是因为丈夫偶尔表现出的温情反而显得更加珍贵，也可能是因为妻子为自己的耐心而自豪。但是有一点是确定的，那就是恶劣的丈夫如果是妻子不顾亲友意见执意选择的，一旦耐心与热情消退，难免会觉得自己做了蠢事。

第九章

谈嫉妒

在人类的各种感情中，有两种最为惑人心弦，那就是爱情与嫉妒。这两种感情都能激发强烈的欲望，创造虚幻的意象，蛊惑人的心灵，假设有蛊惑这种事的话。所以，《圣经》中把“嫉妒”叫作“凶眼”，而占星术士则把它称作“凶视”，就是说嫉妒能把凶险和灾难投射到它所注目的地方。不仅如此，嫉妒打击伤人最厉害的时候，就是那被嫉妒的人正在荣耀风光、引人瞩目的时候。因为这种情况下促使嫉妒之情更加猛烈；另一方面是在同样的境遇下，被嫉妒的人更容易受到打击。

我们先撇开这些隐微之处不谈（尽管在适当的场合是值得探讨的），说说什么人最容易嫉妒别人，什么人最容易遭别人嫉妒，公妒与私妒有何区别。

无功之人往往妒忌有功之人，因为人心要由自身的善来供养，不然就要以别人的恶为食。一个人若没有别人那样的美德，便会通过贬低别人或者破坏别人的幸福，来求得自己心理上的平衡。

嫉妒者一般都喜欢到处打听。他们对别人的私事那么感兴趣，并非因为事情与他们利害相关，而是为了通过发现别人的不幸，来使自己获取一种心理上的满足感。其实专注自己生活工作的人大多没有时间也没有精力去嫉妒他人，嫉妒是行走的幽灵，喜欢到处闲逛，俗话说："好事之人多心怀叵测。"一个后起之秀肯定是招人嫉妒的，特别是那些老资格的元老，因为双方的距离有了变化。这就像视觉上的错觉一样，别人的上升会使人产生自己被降低的错觉。

有缺陷的人是非常容易嫉妒别人的。由于自己的缺陷无法弥补，因此损伤别人的利益能够给他们带来心灵上的变态满足。只有当这种缺陷落在一个具有坚韧品格的人身上时才不会如此，具有这种品格的人会将这种缺陷转化为荣誉。众人会说一个宦官或一个跛足之人竟能够做出这样的大事，这种荣耀简直就像是一种奇迹。像历史上的宦官纳尔塞斯和跛子阿格西劳斯、帖木儿就是这样。

命运多舛的人也容易产生嫉妒，因为这种人把别人的失败看作对自己过去痛苦的补偿。

浮躁、虚荣因而功利心强、急于往上爬的人总是嫉妒心很强，因为他们不可能没有事干。而在许多事情上，总有一件有很多人可能胜过他们。所以喜爱艺术的哈德良皇帝，就非常嫉妒诗人、画家和艺术家，因为他们在这些方面的才能都超过了他本人。

最后，近亲、同侪和少时伙伴之间有人获得晋升的时候，也容易被人嫉妒。因为如果有人由于在工作中表现优越而得到晋升，就衬托得其他人在这些方面的无能，从而刺伤了他们。越是彼此熟悉的人，这种嫉妒心将越强。该隐对亲兄弟亚伯的嫉妒，可说是格外歹毒可鄙，因为亚伯的供物虽然更得上帝嘉纳，该隐的耻辱却没有旁人看见。关于那些爱嫉妒的人，我们就说这么多。

我们再来讨论一下哪些人不太容易被嫉妒。一个有崇高美德的人，不太容易被别人嫉妒。因为他们的荣誉来自他们过去的艰苦努力，都是应得的。我们能够理解，嫉妒总是暗暗将自己与别人比较，进而就引发了嫉妒。所以皇帝是不被人嫉妒的，除非对方也是皇帝。所以出身微贱的人刚显露时就会招人嫉妒，而后会逐渐好转，一直到人们习惯了他的这种新地位。而出身优渥的富家公子也容易招人嫉妒，因为别人觉得他并没有付出血汗，却能坐享其成。

出身高贵的人升迁时较少遭嫉妒，因为这似乎是由他们的背景决定的，而且高位好像也不会给他们带来较大的金钱上的利益。同样，一个循序晋升的人，也不太会招来嫉妒。

那些历经磨难、饱受风霜才获得荣耀的人也不易被人嫉妒，人们甚至会因为这份荣耀来之不易而产生同情心，而同情是治愈嫉妒的良药。所以我们就会发现成熟的政治家，即使他们处于高位，也总是忆苦思甜。其实他们未必真的受过这么多苦，只是为了减少他人的嫉妒罢了。但是，人只会对自己的苦楚感同身受，对于别人的苦楚，就会更倾向于觉得别人的苦楚是自讨苦吃，这种诉苦很少会真被人所同情。此外，如果大人物利用自己的优越来保护他下属们的利益，那么也能筑起了一座堤防从而有地防止嫉妒。

最遭人嫉妒的是那些用一种傲慢不恭的态度炫耀他们富贵的人，这种人总想在一切方面来显示自己的优越。或者大肆铺张地炫耀，力图压倒一切竞争者。而真正聪明的人宁可在一些小事上吃点小亏，也不会置自己于不利之地。此外，与其狡诈地掩饰，不如坦诚地放开，这样招来的嫉妒会小很多。因为对于前一种人，人们更倾向于觉得他们不配享受那种幸福，而他们的飞扬跋扈简直就是在教唆别人来嫉妒了。

让我们来总结吧。我们在开始时说过，嫉妒有点像巫蛊，是会迷惑人心的。要制止嫉妒，就不妨采取点儿手段，把招来的嫉妒转嫁到别人身上。所以有许多明智的大人物，但凡抛头露面出风头的事都不参与，而是推出别人作替身去登台，自己则选择躲在幕后。这样一来，人们的嫉妒就转嫁到别人身上了。而总有一些莽撞好事之徒代人受过，这些人只要能获得权势，付出什么代价也在所不惜。

我们再来谈谈什么是公妒。公妒比私妒更有价值。公妒正如古希腊时代的陶片放逐制度一样，能够迫使大人物收敛与节制自己的做事风格。

公妒，在拉丁文当中写作 invidia，用现代语言来说则是 discontentment（公愤），这一点我们谈到“叛乱”时再说。公妒对于一个国家来说是具有严重危险性的。如同传染病蔓延到健全的身体上一样，嫉妒一旦侵入一个国家，最好的国家行为也会遭到诋毁，搞得臭不可闻。哪怕再兼施一些笼络民心的措施也于事无补，因为这正好说明软弱无能，害怕嫉妒。正如传染病肆虐之时常出现的情形：畏惧疾病，等于向疾病发出邀请。前述的公妒似乎主要针对高官重臣，不会波及君王本人和国家本身。然而这是一条铁定的规律：如果对重臣的嫉妒严重，而他身上招致嫉妒的根由轻微，或者对一国的全体重臣产生了全面的嫉妒，那么这种嫉妒（虽然是隐蔽的）实际上是针对国家本身的。

最后概括总结一下。在人类的一切情感中，嫉妒要算作最顽强、最持久的了。所以古语说“嫉妒永不休假”。与其他感情相比，只有爱情与嫉妒最能令人衣带渐宽。这是因为爱与妒具有最持久的消耗力。但嫉妒毕竟是一种卑劣的情感，是一种恶的素质，它是魔鬼的固有属性，魔鬼之所以要趁着黑夜到麦地里去种上稗子，就是因为他嫉妒别人的丰收啊！的确，犹如稗子毁掉麦子一样，嫉妒这个恶灵总是在暗地里去悄悄地毁掉人间的美好事物。

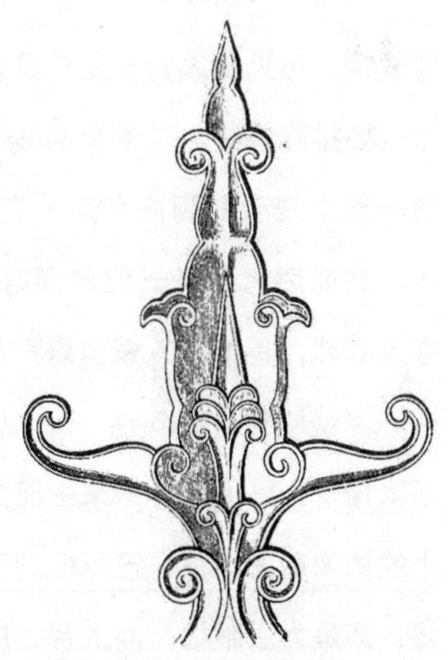

第十章

谈爱情

爱情在舞台上远比在人生中更加精彩，因为在舞台上，爱情既是悲剧又是喜剧的重要素材。但在人生中，爱情就像是海妖或复仇女神，给人带来的都是厄运。我们可以看到，历史上我们依然能够叫出名字的伟大人物没有一个曾经在恋爱中癫狂，自古至今，伟人多不留恋爱情，可见伟大的事业与灵魂需要避免这种温柔的激情。当然，这里也要排除曾统治过半个罗马帝国的马克·安东尼，以及十大执政官之一兼立法者的阿皮乌斯·克劳狄。前者本来就是一个好色无度的人，然而后者却是一位严谨智慧的人。可见，爱情能在人心敞开时夺人心魂，也能闯入壁垒森严的心灵（虽然罕有），如果守御不严的话。伊壁鸠鲁有一句话："人人都是彼此的大舞台。"放在这里可能不太恰当，好像人类本来生而为宇宙万物之灵，到头来却跪在一尊小小的偶像前面，把自己贬低到了卑贱的地位，不为（如同禽兽的）口福，却是为了眼福，而上帝之所以赐予人类眼睛，本是为了神圣的用途的。过度火热的爱情，必然会夸大爱人的本性与价值。只有在爱情中，那种浮夸谄媚的言辞才不会显得不合时宜。古人说得好："最大的奉承，人总是留给自己。"爱人的奉承无疑比自己的奉承还要厉害。因为骄傲之人对自己的评价再高，终归不像爱人对所爱之人的评价那么离谱。所以古人说得好："人不可能在恋爱中还保持明智。"这一弱点不仅在外人眼中是明显的，就是在被爱者的眼中也是显而易见的——除非这爱情是两情相悦的。所以这就是爱情的代价，如果不能得到回应，得到的就只能是一种深埋在心底的轻蔑，这是一条定律。由此可见，人们应当对这种感情更加警惕，因为它不但会使人丧失一切，甚至丧失本我。至于其他的损失，诗中有生动的描写："谁喜爱海伦，谁就会失去米诺和帕拉斯的礼物。谁信奉爱情，谁就会丢失财富和智慧。"爱情的泛滥总是出现在人最脆弱的时候，也就是幸运或倒霉的时候，尽管在倒霉的时候泛滥的情形较为少见。但无论是倒霉还是幸运都会点起爱情之火，并且越煽越旺，仿佛爱情就是愚蠢的产物。即使在心生爱情的时候，仍然心有拘束，并且将它与自己人生中其他方面严格分开，这样的做法就非常妥当。因为如果爱情成了生命中事业的阻碍，就会损害当事人的利益，使他们无法再坚定地追寻自己的目标。不知道是何缘故，武人往往更容易陷入爱情，可能是和他们喜欢喝酒一样，危险的事业更需要娱乐作为报偿。人的天性中就有爱人的需要，这种爱如果没有倾注在某个人或某些人身上，就自然会普及大众，使人变得仁慈，这种情况有时在僧侣身上可以看到。夫妇之爱，使人类得以繁衍；朋友之爱，使人得以完美；但是淫乱之爱，则使人败坏并卑贱。

第十一章
谈权位

身处高位者是三重意义上的臣仆：君主与国家之臣仆、名誉与地位之臣仆以及事业之臣仆，所以他们是没有自由的——没有个人的自由，没有行动的自由，也没有时间的自由。对于想要谋得高位、意欲凌驾他人之上的人，宁可以失去自由、失去自我为代价。人的这种欲望真是不可思议啊！取得权势的过程是非常艰难的，期间要吃很多苦，然而最终得到的很可能是更深的痛苦。为了身居高位，人们常常会不择手段，但即使最后得偿所愿身居高位也往往坐不安稳，一旦倒台便是身败名裂。这是多么可悲的一件事啊！古人说得好："当今之我非昔日之我，还有何理由苟活于世？"不仅如此，人们往往是想退之时不能退，当退之时又不肯退，即便到了需要隐居疗养的老病之年，仍然不甘寂寞。人性迷恋于权势，最难捱默默无闻的寂寞。正如那些老人，尽管已届风烛残年，却仍然热衷于闲坐在热闹的街口，追忆往日的荣光。居高位之人只能借助他人的看法才能确认自己是否幸福。因为若是根据他们自己的感觉来判断，他们是很难找到答案的。但是他们一想到别人对他们的羡慕，他们就好像快乐了，但是很可能他的内心并不是这样想的。他们总是第一个认识到自己的悲哀，尽管他们总是最后一个认识到自己的错处。毫无疑问，身居高位的人对自我是陌生的，并且在事务繁忙之时，他们是没有时间来照顾自己的身体和精神上的健康的。塞涅卡说过："一个人在死的时候，别人都知道他是谁，而他自己却不清楚，那么死亡的降临就会变得极其恐怖。"

当权者有行善及作恶的自由，而后者是一种被诅咒的自由。因为说起作恶，最好的第一反应是不愿意，其次就是不具作恶之能。拥有做好事的权力那才是真正的自由（即合法又是希望所系）。因为人的善意，虽然上帝能够看到，然而对于俗世中的人来说，要是没有被实际执行，最终也不过就像大梦一场；而许多利国利民的好事，要办好都需要借助权势的力量自上而下的执行。并非一定要有权有位才行，但非要居高临下不可。立德建功是人类行动的目的，感到有功德方能心安理得。因为这样，一个人即使与上帝面对面也不会感到心虚，那他就能够和上帝在一起了。"于是上帝转身看他所造的一切，看见它们都是很好的，就能够放心地休息了。"

你上任之初，先要为自己树立一些榜样，因为仿效中蕴藏着规诫，过些时候，再严格自查，还应从过去那些失败者身上吸取教训。

这样做的目的并非是为了贬低别人，而是为了防止重蹈他人之覆辙。同样，如果要进行革新，也不是建立在诋毁历史的基础上，而是为了给自己立规矩，为了给后人开创好的先例。身处权位者要仔细研究历史，尤其是要注意分析好的事物衰退的时间与原因，还应该明确当时的历史背景与现在的不同。对于历史，要寻找其中最优秀的部分；对于现代，要寻找对于当今最有用的东西。自己行事要有规律，使人们能有所遵循，但是也不要过严过死；并且当你违背常规的时候，要把自己这样做的缘由解释清楚。

保持你自己应享的权利，但是权限问题不可提，宁可不声不响地掌握实权，而不要用强硬的手段去公开争论；同时，也必须照顾到下属们的权益。对下属的事情，只需做原则性的指导，而不必事事都要插手。要善于接受并寻求对你有益的忠告和建议，不要把那些“好管闲事”的热心人拒之门外。掌权者最易犯的错误有四种：延误、贪污、粗暴与易欺。关于延误，应使人容易得见，若要避免延误，必须恪守时间，当前之事当前毕，不要让必须做的事积压起来。关于贪污，不仅要约束自己，也要约束自己的下属，不要让他们接受贿赂，同时也要约束有所求的人，不要让他们行贿赂之事。因为奉行廉洁是约束自己和下属的，而宣扬廉洁、公开厌恶贿赂，是约束他人的。需要忌讳的，不仅是受贿的事实，而是受贿的嫌疑。因此，掌权者需要改变观点或做法时，一定要把这样做的原因及目的公之于众，切勿偷偷摸摸做事。需要注意的是，一个仆人或一个亲信，由于其与掌权者的密切关系，而又没有别的值得器重的明显理由，常常会成为贪污受贿的秘密渠道。至于粗暴，那完全是不必要地招致怨恨。严厉让人生畏，但是粗暴让人生恨，即使作为上级，在公务上的谴责也应当郑重其事而不是侮辱嘲弄。至于易欺，那比受贿还具有破坏性。因为贿赂不过是偶尔为之，而一个掌权者如果易于受欺惑，那么，他就永远只会按照别人的意志办事。正如所罗门所言："看情面是不好的，因为这样的人会为了一块面包而枉法。"

古语说得好："地位显出为人。"地位显出一些人的长处，也显出一些人的短处，这句话相当有道理。塔西佗曾批评加尔巴说："如果他不是帝王，大家或许会相信他有雄才大略，有能力治理国家。"而对于菲斯帕斯他却说："菲斯帕斯是唯一因为有了权力而人格增进的皇帝。"第一句话批评加尔巴的失败，后一句则赞许了菲斯帕斯的修养。一个人因有权位而人格增进，这是他人格高尚且宽宏大量的证明。因为权位是或者应该是德行之所在，但世人往往在其未得志的时候，尚能具有某些美德，而一旦有了权势，却反而失去它。这正如在自然界中物体的运动一样，在向目的地运动时很迅速，而到了目的地时却慢下来了。正如德行在人努力向上攀登的时候是猛烈的，而在他当权的时候就平和下来了。

跻身高位就像登爬一条迂曲的楼梯，最好是在上升的时候加入某个正面帮派，而飞黄腾达时则要保持中立。当权者对前任的荣誉要珍视并且公正对待，否则这就成了一笔债，等你引退时必须要偿还。如果有同事，一定要给予他们尊重，并且宁可在他们并不想被召见的时候见他们，也不要在他们求见时拒绝他们。在谈话中以及答复下属的问题时，不如忘记自己是一个地位高的人，切不可念念不忘自己的高位而摆出一副官僚架子。最好让人家说："他在执行职务的时候，与平时判若两人。"

第十二章

谈勇气

有人问希腊雄辩家狄摩西尼："要想成为一名演说家，应具备的最重要的才能是什么？""动作声情。"他回答。"其次呢？""动作声情。""还有呢？""动作声情。"这是小学读本中一段讲得烂熟的故事，但依然发人深省。说这话的人之所以如此回答，是因为他深知，自己虽然是名演说家，但是对他所称道的事情上并不十分擅长。从演说的要求来看，动作声情不过是外在的要求，然而为什么演说家却将它置于其他一切包括创新、技巧等其他才能之上呢？而且几乎成了独一无二的因素，似乎有了它就具备了一切。乍看起来似乎很怪，但只要深思一下就会悟出其中的道理。人类的本性往往是愚昧多于才智，而动作声情则比较容易打动愚众的心，这正是利用了人性的愚蠢。与此颇为相似的是勇气在公共事务中的地位。"首要条件是什么？""勇气。""其次，再次呢？""依然是勇气。"然而勇气是孤陋无知的产物，远低于其他事物。尽管如此，勇敢的人是可以煽动那些见识浅薄、胆小懦弱之人的，而后者人数是非常多的，有时候勇气甚至能让聪明人在脆弱时变得坚强。在民主制度的社会形态下，政治上的勇气能创造出奇迹；但在元老院和君主专政的国家制度下，就很难发挥作用了。盲目的勇气是不可信的，它在不知后果、无所畏惧的时候最盛，知道了后果之后就消失了。世上有治疗人体疾病的江湖郎中，也有治疗政体疾病的江湖郎中，他们靠的不是学识而是侥幸，也许两三次侥幸成功，但难以持久。这类人制造穆罕默德式奇迹的情形也屡见不鲜。穆罕默德当众宣布他能把一座山召唤到面前，人们闻言纷纷赶来观看。他对那座山发了一次又一次命令，山却始终屹立不动。最后穆罕默德只好说："既然山不肯到这里来，那么就我只好到山那里去了。"那些政治上的胆大之徒也是如此，当他们大胆预言的奇迹破灭时，大概也会采用这种耍赖皮的办法吧。毫无疑问，对于有真知灼见的人而言，胆大妄为之徒不过是供人观赏的小丑。对于普通人而言，胆大妄为之徒免不了会干出荒唐可笑的事。毋庸置疑，胆大难免带有几分可笑。最可笑的是，当胆大妄为的家伙丢脸时，这时他们肯定是最尴尬难堪的，这种情况对胆小怕事的人来说，还是有回旋的余地的；但胆大妄为的人碰到这种情况，往往会不知所措，就好比陷入了僵局的棋局，无法进行下去了。不过，最后这种情况更适合充当讽刺文学的题材，不适合写进严肃的评论。因此，胆大妄为常常是盲目的，因为它既看不到危险也看不到困难。所以胆大在运筹帷幄中是坏的，在具体实干中却是好的。因而有勇无谋的人绝不能担当主帅，只能在别人的指导下工作、听从他人的指挥。因为在运筹帷幄之中最好要能看出危险；而在具体实干之中最好要无视危险，除非那些危险是格外重大的。

第十三章
谈善良

我认为的“善”，旨在有利于人类。古希腊人称之为“仁爱”(Philanthropia)，或者用“人道”(humanity)一词来表现，不过意思略嫌不足。所谓“善”不仅是慈善的习惯，更是一种本质上的倾向——“性善”。这是一种人类最伟大的精神和道德品格。因为上帝的特性就是“善”的，如果没有这种品格，人就只能成为庸庸碌碌、卑贱不堪的东西，可憎又可怜，如虫豸一般渺小。“善”与神学中的“仁爱”相符合，有时也许会看错对象，但却永远不会过分。过度的权力欲望曾使天使堕落，过度的求知欲曾使人类堕落，唯有“仁爱”不会过度，无论是神还是人，都不会因它而蒙受灾难。向善是人的本能，深深刻印在人的本性中。即使这种向善之心不施与人，也会施与其他生物，这可以在土耳其人身上看出来。他们待人凶狠，但在对待狗或鸟之类的动物却很仁善。根据巴斯贝克的记载，在君士坦丁堡有一个基督教青年，在玩闹中撑开了一只长喙鸟的嘴，险些被人用石头打死。有时候这种“仁爱”也不可避免犯些错误。意大利有句嘲讽的谚语：“他太善良了，简直成了傻子了。”意大利的尼古拉·马基雅弗利也曾经明明白白地写道：“基督教的教义使人成为软弱的羔羊，任凭那些暴君鱼肉。”他之所以这么说，是因为世界上没有哪种一种法律、教派或学说能比基督教这样尊重过“善”。为了不让自己变成滥用“仁爱”的傻子，我们就应该注意，不要被某些人的假面和私欲所要弄，变得轻信和软心肠。轻信和软心肠是诱使老实人上当的鱼饵。比如我们不应该将宝石送给伊索的那只公鸡，因为麦粒更得它的欢心。上帝予以我们正确的教诲：“上帝让日头照好人，也照坏人；降雨给义人，也给不义之人”，但是上帝会有所选择，不会把财富、荣誉、才华平均分配给人。一般的好处可以平均分配，但特殊的荣誉需要有所选择。另外，千万当心，不要只图画像却把原物砸了。因为上帝已把爱造成了原物，爱人只不过是肖像。“去卖掉你所有的财产，赠给穷人，把财富积存在天上，然后跟我来。”除非你已经下定决心跟神走，否则还是不要急着把你的一切财产都变卖掉吧，否则你的结局就好像小溪流注入大河，大河里的水没多多少，小溪的水却干枯了。所以“仁爱”固然是本能，但行善还是不能仅凭着一腔热情，还要靠理智的指引。因为人性中除了向善，也有向恶的倾向。那些暴躁、不逊、喜争或难打交道的性格还是“恶”中较轻微的部分，最恶毒的还是由于嫉妒以至于要下手毒害他人的行为。这样的人可以说专靠落井下石来坑害别人。他们还不如帮拉撒路舔疮的狗，倒更像在人体溃烂伤口上嗡嗡叫的苍蝇。他们仇视人类，总是以诱人上吊为己任，自家园子里却连一棵供人上吊的树都没有，连泰门都不如。不过，这类人倒是做政客的材料，就像是弯曲的木头，可以造船但不能做房子的栋梁，因为船要在海中颠簸，而栋梁要支撑起整栋房子。我们可以从很多方面来识别一个善人。如果一个人对待异乡人也能温和有礼，那就足见他是个世界公民，他的心不是一个与世隔绝的孤岛，而是连接诸岛的大陆；如果他对于别人的痛苦感到同情，那就说明他有一颗美好的心灵，宛如那能流出汁液为人疗伤的珍贵树木，宁可自己受刀割之苦也愿意帮助别人；如果他能原谅别人的过错，就说明他的心灵能凌驾于一切伤害之上；如果他能重视别人对他的小小恩惠，就说明比起钱财他更重视人的内心；最后，如果一个人竟能做到像圣保罗那样至善，为了同胞能得救而甘于忍受神的诅咒，那么他就已经超越了凡世，而具有神的品格了。

第十四章 谈贵族

关于贵族，我想从两个方面讨论。第一，关于贵族阶级在国家的地位；第二，关于贵族的品质。一个完全没有贵族的君主国家会是一个纯粹而极端的专制国家，土耳其人的制度便是如此，因为贵族是可以制约君权的，还可以或多或少分散民众对王室的注意力。民主国家是不需要贵族的，没有贵族的存在，民主制度更容易保持稳定。因为民众关注的乃是国事本身，并不是做事的人，即便关注到做事的人，所重视的是学识和能力，并不是血统和门第。例如在瑞士，尽管在宗教派别和地域方面存在很大差别，但国家却很稳固，原因就在于他们更重视的是个人能力，而不是门第、等级和出身。低地国家也很稳固，由于他们实行平等主义的原则，公民权利平等，因此人人奉公守法，并自觉承担纳税的义务。强大的贵族等级制度虽然可以在一定程度上加强国威，但也会削弱君主的权势，可以鼓舞民众的精神，却也会减损民众的机遇。合理的安排是贵族阶层一方面没有显赫到凌驾王权国法的地步，一方面又保持着相当高的地位，足以缓解下层民众的犯上气焰，以免此等气焰过早殃及君王的威严。贵族人数过多的国家，必定是一个贫穷的国家。而谱系悠久的贵族家族，免不了最终家道中落，结果在贫困贵族与富有贵族之间，就会形成很不和谐的对比。

至于贵族的个人品格，我们可以打个比方：当我们看到一座风雨中屹立不动的古堡，或者一棵历经风霜仍根深叶茂的古树时，忍不住会肃然起敬。同样，看到一个经历沧桑而依然长盛不衰的家族所引发的崇敬之情绝对不会低于此二者。新晋贵族所依靠的是权力，而传统贵族家族所依靠的却是威望。第一代开拓者往往有大气魄，但是往往双手不会太干净。然而，在后世人的记忆中留下的不会是污点，只会是他们的荣光。出身显贵者往往胸无大志，而且还蔑视那些劳苦大众。贵族等级常常是世袭且固定不变的，他们会嫉妒那些得到晋升机会的新贵。何况贵族没有多少上升的余地，自己停滞不前，难免会嫉妒他人的崛起。另一方面，贵族可以凭借出身扑灭他人的妒火，因为他的荣华富贵与生俱来。毋庸置疑，君主要优先任用贵族中的精英人物，自己落得高枕无忧，政事也更加顺畅，因为他们生来就享有发号施令的地位，民众会自然而然地服从他们。

第十五章
谈叛乱

政治家最善于发现政治风险的预兆。大自然中的风暴必有先兆，而政治动乱到来之前，也必定会有种种前兆，各阶层势均力敌之时，变乱的风暴往往最为猛烈，正如昼夜等分之时，自然界的风暴为祸最甚。又如风暴之前往往会有微弱阵风和暗涌海潮，国家也有如下情形：他时时告诫我等，要当心潜藏的骚乱，当心蓄势待发的阴谋与暗算。诸如诽谤与蔑视法律，煽动叛乱的言论公然流行，还有那些不胫而走的政治谣言，特别是当人们无法辨别其真假，仍然津津乐道的时候——所有这些，都可以看作预示动乱即将来临的先兆。维吉尔曾这样描写谣言之神，说她属于巨人之家族，从地母对众神的不满中诞生，是巨人家族中最小的妹妹。

从历史上看，谣言确实是政治动乱的前奏，维吉尔的见解是对的。从煽动叛乱到发起叛乱之间的距离甚小，就像兄妹之间、男女之间的差异一样。谣言足以把政府所采取的最良好的意愿、最有益的政策涂抹得面目全非。正如塔西佗所说："民怨一旦兴起，善举也会遭受与恶行一样的指斥。"但是这种情形一旦发生，以为通过施用严酷的铁腕手段就能压制住谣言或根除叛乱，那真是犯了致命的错误，因为这种举措只可能成为加速叛乱的导火索。从某种意义上说，冷静处置这种谣言，比设法压制可能更有效。另外我们还应当分辨塔西佗所说的那种"服从"：他们坚守岗位，对于君主的命令却更喜欢议论，不喜欢执行。争论、挑剔以及对来自君主的命令随意批评指责，这些举动往往是走向叛乱的前奏，其结局必然导致无政府状态。尤其是在爆发全民大辩论的时候，如果那些拥护政府者不敢讲话，而反对政府者却可以畅言无忌的时候，形势就更加险恶了。

马基雅弗利的见解是对的，他说君主如果不被社会公认为各阶级的共同领袖，而只被看作某一特殊集团的代理人，那么这个国家就会像一条载重不均衡的船一样，随时可能倾覆。在法兰西国王亨利三世的时代曾有过这种情况，因为当时的国王自己加入了宗教纷争中的一个派别，并且决心要消灭新教派，最后，他曾参加的"神圣同盟"却掉过枪头来反对他。而这时，他在国家的任何教派中竟然都找不到支持者了。历史经验表明，如果君主的权威变成了某一宗派集团达到特殊政治目的而采用的手段，那么这个君主的处境就相当危险了。

如果一个国家陷入无休止的冲突和党争之中，那也是一种恶兆。因为它表明人民对政府的信任已经消失。一个政府的各部门应当像天空中的行星那样，每个行星既有自转，但也服从于统一的公转。但如果各部门的人都各行其是，或像塔西佗所说“其自由的程度与作为臣民的原则不一致”的话，那就表明行星运动的秩序乱了套。“尊严”是上帝授予君王的盾牌，因此上帝对君主最严厉的警告，就是解除这道保卫君王屏障。

宗教、法律、议会和财政是组成一个政府的四大支柱，当它们被动摇时，国家将面临解体的危险。下面我们再来讨论一下酿成叛乱的因素、叛乱的动机和根治叛乱的要方。

关于酿成叛乱的因素，是值得认真研究的。因为预防叛乱最好的方法（假如时势允许的话）就是消除导致叛乱的因素。只要有未熄灭的积薪，说不定什么时候，就会由于某一火星的迸发而燃成燎原之势。导致叛乱的主要因素有两个：一是贫困，二是民怨。社会中存在多少破产者，就存在多少潜在的叛乱者，这是一个定律。卢坎在描述罗马内战前的情形说，从此产生了狼吞虎咽的高利贷和驴打滚般的利润，从此产生了信誉的动摇和对许多人有利的战争。这种“对许多人有利的战争”是一个准确无误的信号，表明一个国家将出现叛乱和骚动。在一个社会中，如果富人破产和穷人贫困同时存在的话，那么情形就更严重了。有史以来最大的叛乱煽动者就是饥饿。至于民众的怨恨，在社会中一直都存在，如同体质中不平衡的体液一样，足以酿成疾病。作为统治者，千万不要轻率地认为民众的某种要求不正当，因而无视在民众不满情绪中所潜伏的危险。要知道，人性的愚昧，常常会使民众辨别不清究竟什么是对自己真正有益的事物。有一些不满，产生的原因与其说是疾苦，不如说是恐惧，所以这种不满的威胁性可能更大。正如前人所说："痛苦是有限制的，而恐惧是无限制的。"任何统治者都不应在民怨积蓄已久却并未触发叛乱时产生麻痹的心理。固然，并非每一片乌云都能带来风暴，然而一切风暴，事前却必有乌云。所以，要提防那句西班牙俗语所说的情形："绷紧的绳子禁不住压。"

酿成叛乱的原因一般来说，有以下几个方面：对宗教的不满、要求减轻赋税、要求法律改革、要求废除特权、要求贬斥小人、要求抵抗异族入侵、由于饥荒以及其他那些足以激怒人民使众心一致地团结起来反抗的事件等。

下面我们再来讨论一下如何消除叛乱。当然，我们讨论的只是某些一般性的措施。至于专门的措施，应该对症下药，而这就不是单纯的理论问题了。

第一种方法，就是应当尽可能消除以下所讨论的致乱因素，而在这类因素中，最具有威胁性的是国家的贫穷。因此，一个政府必须发展商业，扶植工业，减少失业和无业游民，振兴农业，抑制物价，减轻税收。一般而论，应当预先注意国内人口（尤其是在和平时期）不要超过国内的资源。同时还应看到，人口不应单纯从绝对数量来估算，因为人数虽少，但如果花销多、收入少，则要比人数多但生活水平低、收入多的人更容易把国家挖空。因此，如果贵族以及官僚阶层的人数增加，超过了财富的增长，那么这个国家就可能濒于贫困的边缘。僧侣阶级的数量过大也会如此，因为他们都不增加产出。如果读书人多而职位少，也会出现类似的局面。

人们知道，对外贸易可以促进一个国家绝对财富的增加。通常人们知道有三种东西是可以用于外贸的：一是天然的物产；二是本国制造业的产品；三是商船队。如果一个国家这三个轮子都能运转不息，那么财富就会源源不断地自国外流入国内。而更重要的一点却很少有人知道，即劳动创造财富。低地国家就是一个明显的例子，他们的国家并没有富足的地下矿藏，但他们的劳务输出能力，却是一笔创造财富的巨大矿藏。

作为统治者，应当防止国内财富垄断于少数人之手。否则，一个国家即使拥有再多的财富，大部分人民仍将沦于饥寒之境。金钱好比肥料，如不撒入田中，它本身并无用处。为了使财富分配均匀，就必须用严厉的法律手段限制高利贷以及商业、地产的垄断等。

那么该怎样消除已经发生的民怨呢？或者至少消除不满情绪中的危险成分。我们知道，一切国家都存在着两种臣民——贵族和平民。当怀有不满之心者只是其中之一的时候，对国家的威胁是不大的。因为平民阶层若没有上层阶级的幕后操纵，他们的动乱是有限的。而上层阶级如果得不到群众的支持，也是没有实力地位的。但如果不满的上层阶级与民众联合起来，就将对君主构成巨大的威胁。古代诗人在神话中曾说，有一次诸神想把众神之王朱庇特捆起来，而这一阴谋被朱庇特发现了，于是他采用了帕拉斯的计谋，召来了百臂巨人布里亚柔斯来保驾，最终战胜了众神。这个寓言是有其政治含意的，如果君主能谋得民众的支持，那么他的地位就将得到巩固。

明智的统治者懂得，给予人民某种程度上的言论自由，以使他们的痛苦与怨恨有发泄的途径，也是维护国家安全的一种重要方法。这个道理可以用医学上的例子来说明，如果伤口中有脓血存在，却采用阻遏脓血外流的方法，把它压抑在体内，那就将对人体产生致命的危险。

在希腊神话中，有一个故事也是很有教育意义的。当无数痛苦和灾难正从潘多拉的魔箱中纷纷向外飞出的时候，埃庇米修斯关上了箱盖，唯独把“希望”留在了箱里。在政治上，要设法为人们保留“希望”，并且善于引导人们从一个希望向另一个希望过渡，这是平息民怨的一种有效办法。有两种成就可以确证政府和政策的睿智英明，一是在无法满足民众愿望的情况下仍能以希望留住民心，二是处理事务之时能使任何灾祸都显得尚有希望，不至于无药可救。后一种成就比较容易实现，因为个人和党派都乐于自我麻痹，至少也愿意夸夸其谈，装出一副不相信灾祸的模样来。

还有一条众人皆知却依然万试万灵的预防措施，那便是未雨绸缪，防止国内出现潜在领袖或领袖之材，为怨望之徒提供投靠跟从的目标。我所说的领袖之材，指的是位高望重，得到怨望之徒的信任和拥戴，据知自身也心怀怨望的人物。这种人物的威望越高，危险性就越大。如果不能把这种人物争取过来为政府服务，就应当设法消除他的威望。一般地说，分裂那些可能不利于政府的党派，使之陷入内部纷争，也是维持统治的一种有效权术。

君主讲话应当慎重，不要讲那种自以为机智，实际上却十分轻率的话。恺撒曾说："苏拉不学无术，所以不适于当独裁者"，结果他为这句话付出了生命的代价，因为这句话使那些不希望他走向独裁的人绝望了。加尔巴说："我不会收买兵士，而只征用兵士"，结果这句话也毁掉了他，因为他使那些希望得到赏金的士兵绝望了。普罗布斯说过："有我在，罗马帝国将不再需要士兵"，这使那些职业战士们绝望了，结果断送了他的生命。因此，作为君主，在动荡形势下的某些重大问题上，必须谨慎所言。尤其是此类锋利的警句，它们传播有如飞箭，并且将被人们看作是君主所吐露的肺腑之言，其作用甚比一部长篇大论。

最后，作为统治者，在身旁应该有一名或多名有勇有谋的重臣。否则，变乱一起，朝野震惊，就很可能无人承担大任了。像塔西佗所说："人性好乱乐祸，虽少有人敢为祸首，但多数人却宁愿承认既成事实。"然而此类重臣必须忠实可靠、德高望重，绝不可是结帮拉派、哗众取宠之辈，而且能跟国内其他要员步调一致；如其不然，药则猛于病。

第十六章
谈无神论

我宁愿相信《金传》《塔木德》及《古兰经》中的一切寓言和神话，也不愿相信这宇宙中没有一个作为主宰的精神和灵魂。上帝根本无需通过创造奇迹来反驳无神论，因为他所创造的这个有自然秩序的宇宙就足以推翻一切。对于哲学一知半解的人往往会倾向于信奉无神论，但是深入研究宇宙与哲学的人又会重新皈依于上帝。因为从表面上自然界的万物看似毫无关联，但它们之间往往存在着千丝万缕的关系。越是深入思考，越会感到神奇，最终总是导向一个总的归宿，那就是神。因此，即使是那些以倡导无神论为宗旨的留基伯、德谟克利特和伊壁鸠鲁的学说，最终却恰恰提供了最有利于宗教哲学的证明。因为下面两种学说都认为这种秩序和美是在没有神的安排下创造的，但第一种比第二种可信千倍。一种学说主张宇宙不由统一的精神主导，而是由四种变化的元素和一种不变的第五元素所构成；另一种学说主张宇宙万物的秩序与美是完全依靠许多无限小、永恒变化着的微小粒子。《圣经》上说“愚顽的人心里说没有神”，但是并不曾说“愚顽的人心里想说没有神”，意思是愚顽的人因为听别人说没有神，于是人云亦云地以为自己也相信这点，但事实截然相反。因为除了那些出于私利而主张无神论的人们之外，没有人能彻底否认神的存在。无神论者总在反对宗教、谈论他们无神论主张，情形就像是他们自己心里也在打鼓，有了别人的赞同才感到踏实一点似的。不仅如此，无神论者还总是极力招揽门徒，跟其他的教派没有区别。更有甚者，他们中的一些人宁肯受刑也不肯放弃无神论，可如果他们真心认为没有神之类的东西，那他们何苦要自寻烦恼呢？伊壁鸠鲁曾说神是存在的，只不过他们都逍遥自在，不愿干预和参与人间的生活罢了。他的这种见解曾遭到猛烈的抨击，有神论者认为他是狡猾地利用这种对于神的伪论来掩盖他内心中否认神的真实思想。我认为这些人其实是误解了他，所以才引发了非议。其实伊壁鸠鲁的话是非常高贵而真诚的：“渎神之举不在于不相信他人所说的神，而在于相信他人对神的见解。”就是柏拉图也不能说得比这更好了！实际上，伊壁鸠鲁虽然表面上否定了神对世俗生活的参与，但却实质上肯定了神作为宇宙本体的存在。西方的印第安人虽然不理解上帝的存在，但他们也知道宇宙中存在神，并且赋予了他们各种各样的名称。古代欧洲的异教徒也是如此，不理解上帝是什么的同时，但却崇拜“朱庇特”“阿波罗”“马尔斯”等名字，可见即使是未开化的人也有关于神的概念，只是他们的宗教思想不如我们的那样博大精深罢了。所以在反对无神论方面，未开化的野蛮人们是和最智慧的哲学家站在一起的。真正能够提出学说开宗立派的无神论者也是寥寥无几，我们能够想到的也就有狄亚哥拉斯、彼翁、卢奇安几个人，但他们的言论也都不那么严谨，因为凡是抨击一种公认的宗教的人都会被对方扣上无神论的帽子。真正的无神论者戴着虚伪的面具，他们一方面讨论神圣，一方面又不为所动。无神论之所以产生有几种原因：第一是宗教内部的派别纷争。第二是教会内部的腐败、教徒的堕落。关于这一点，圣伯尔纳曾说过："现在已不能说教士应当像普通人一样，因为现在普通人都比教士们强。"第三个原因是亵渎和嘲弄宗教的言论风行，一点一点地抹杀了宗教的尊严。最后一个的原因就是在学术昌盛、太平繁荣的时代，似乎没有信奉神灵的必要了，因为往往祸乱与困苦更能使人寻求宗教的慰藉。谁否认神，谁便毁了人的高贵。在肉体方面，人类与野兽无异。如果在精神上再不追求神灵，那么人与禽兽就毫无区别。所以，无神论无益于人性净化和升华。所有的动物无一例外都需要通过信仰和崇拜进而提升自我价值。以狗为例，在它的眼中庇护它的主人就是一位神灵，或者是一种信仰；这是由于这条狗有对于比自己的天性更高的一种天性的信仰。必要时，它可以奋不顾身地为主人献身，而这种勇武如果没有这种信仰则是不可能做到的。人也是这样。当他笃信神灵的保护及恩惠，并以之自勉时，就能生出力量和意志，这种力量和意志单凭人性本身是不可能得到的。无神论在各个方面都非常可恨，在这一方面亦是如此，它削夺了个人自我激励的助力。不仅在个人如此，在民族与国家同样。在人类历史上从来没有一个国家能比得上罗马的伟大。关于这个国家且听西塞罗的演说：“无论我们多么自豪，我们还是应该承认，我们在人数上少于西班牙人，在体质上弱于高卢人，在机敏上不如迦太基人，而在文化上则低于希腊人。甚至论对这片土地和这个国家的热爱之情，我们不如土生土长的意大利人和拉丁人。然而论虔诚和宗教信仰，而且就在这唯一的智慧上——因为确信我们来自于神，并且服从神意志安排世界——在这方面上我们是胜过一切的国家与民族的。”

第十七章

谈迷信

关于神，宁可毫无信仰，也比陷入错误的信仰好。因为前者是无知，而后者是对神的亵渎，迷信实质上就是对神的亵渎。关于这一点，普鲁塔克说得好，“我宁愿人家说从没有过普鲁塔克这么一个人，而不愿人家说从前有一个普鲁塔克，他的孩子们一生下来，他就要把他们吃掉”，就像诗人们说萨图恩那样。对神的亵渎越大，对人的危险也越大。无神论把人类交付给理性、哲学、骨肉亲情、法律及追逐名利之心。而这一切，虽没有宗教的存在，也能够引导人类向善。但是迷信却截然相反，它否定这一切，并在人类心灵中建立起一种非理性的专制暴政。历史上无神论从未扰乱过国家，因为无神论使人谨慎自谋，除了关心自己的福利而无需有其他的顾虑。所以我们能看到，那些倾向于无神论的历史时期（如奥古斯都·恺撒时代）都是和平安稳的时代。而迷信却倾覆过不少国家，把人类托付给一个来自虚无的神秘主宰，这会将政府的统治与人间法规引入歧途。迷信是来自于人民的，在迷信盛行的年代，就连少数智者也会屈从于愚人的群体。在这种背景下，客观现实被整个颠倒过来，不是理论的假设服从于世界，而是世界必须服从于理论的假设。在经院派理论占优势的特伦托公会议上，有一位教士曾作过一个意味深长的比喻，他说经院派的学者就好比那些天文学家，为了解释天体运行规律而假设了离心圆、本轮以及与之相关的轨道的存在，尽管事实上他们知道这一切是不存在的。同样，经院派的学者也凭空编造了许多奇妙且复杂的原理定律来解释宗教，尽管他们也知道这套故弄玄虚的所谓理论是不存在的。人类陷入迷信的原因有以下几种：复杂悦人耳目的宗教礼仪所制造的法利赛式的虔诚；对传习过度盲目的尊崇给教会带来的压迫；高级僧侣为私利而精心设计的宗教阴谋圈套；过于注重个人的“良好用意”，而这种“好意”是足以引起标新立异的；以人间的事理而测度神明，这是要产生杂乱的狂想的；最后，还有野蛮的时代，尤其是与灾祸有关的时代。迷信若没有了面纱就是一种残缺丑恶的东西，宛如一只猿猴，因为它太像人了所以显得更加古怪；而迷信类似宗教的特征也使其更为不伦不类。又如鲜肉腐烂而生蛆一般，良好的礼仪及规律也可以腐化成为许多琐细的仪节，从而使信徒们付出巨大的代价。但是另一方面，当人们憎恨一种旧的迷信时，如果矫枉过正，反而会陷入了一种新的迷信中。所以在反对一种迷信时，应当慎重，要把握好度。

第十八章
谈游历

年轻人将游历看作是一种学习的方式，而在年长者看来，游历更像是经验的一部分。在还没有学会某国语言之前就去某国旅行，那只是去上学，而不能叫作游历。年轻人应当跟随着一名经验丰富、见识广博的长者或者可靠的向导去游历，那将是有大大的好处的。这时只需要那名长者或者同伴是一个懂得该国语言，并且曾经到过那里的就可以了。因为这样，这名同伴就可以将自己的阅历见识传递给同去的年轻人，告诉他们所到的国家什么东西值得一看，什么人士应当结识，什么活动当地可以提供。要不然，年轻人去国外就如同蒙着头巾的鹰隼，到处乱撞，如何能描述得清楚自己看到什么了或者去了哪里呢。在海上航行的时候，除了天和海，别无他物，然而人们常常写航海日记；在陆地上旅行的时候，尽管每天都有层出不穷的新鲜事，人们却常忽略写日记。真是怪哉！就好像偶然看见的事物比认真观察的事物更值得记录似的。由此可见，日记应当常记不懈。在游历中，应当注意仔细观察的事物有：君主的朝廷，特别是当他们接见外国使臣的时候；法庭，特别是当他们开庭问案的时候；宗教法庭；教堂及寺庙，及其遗留的历史古物；城市的城墙与堡垒；商埠与港湾；古物与遗迹；图书馆；学院，辩论会及演讲（如果有的话）；船舶与海军；壮丽的建筑与美丽的花园；军事设施；兵工厂；国家仓库；交易所；旅馆；马术训练；剑术；军事表演，以及此类相关的事物；高等戏院；珠玉衣服等珍藏；木器与珍玩。总而言之，凡是值得纪念的当地风物，皆可一一观览。前述种种，长者与同伴须当着意打听。而相对而言，有些典礼、闹剧、宴会、红白喜事、处决人犯等热闹一时的场面，倒不必过于认真，但也不要忽略不顾。如果一个年轻人想通过一次短途旅行汲取一些见识的话，以上所谈的方面是不可忽略的。为了达到这一目标，必须这样去做：首先，他必须至少通晓目的国的语言；其次，还要找一个熟悉当地情况的向导。他还要带上介绍该国情况的书籍、地图，并坚持写日记。在每个地方停留时间的长短取决于这个地方能够提供给人阅历的价值。但最好不要在一个地方停留过久。如果条件允许的话，尽可能经常更换住所，以便更加广泛地接触当地社会民情。在交际方面，不要被限制在熟人和同乡的小圈子里，最好想办法得到当地人的引荐去接触当地的上流社会和各界人士，以便必要时能够取得他们的帮助，这样既可以缩短旅游时间，又可以增长见识。如果能获取各国使馆秘书和随员的友谊，那么就意味着即使你只到一个国家，却能得到许多不同国家的知识。在旅行时还可以顺便去拜访一下当地的名人贤士，以便观察他们的实际品行与他们的声誉有多少相称之处。但千万不要卷入不必要的纠纷和决斗，这种无谓的决斗无非是有这几种原因——争夺情人、争取地位、荣誉或语言冒犯而引起的。一个人应当当心，不与脾气暴躁、动辄争吵的人交往，因为这种人是会把他人卷进他们的争吵中去的。在旅行结束回到家后，旅行者不应该将游历的国家完全抛至脑后，而应当继续与那些新结交而有益的友人们保持通信来往。另外还要注意，归国后不要换成一身异国的打扮，在与人交流时，最好不要贸然夸耀自己的异国经历，最好在人们问及你的旅行时认真地给予回答。不要让别人觉得自己是一个出了一次国就忘乎所以摒弃传统的人，而是善于把异国优良事物移植到本国风俗土壤上去。

第十九章
谈帝王

帝王的内心世界，常常是无欲而多忧的，这是一种悲凉的心境。他们高踞万民之上，至尊至贵，当然对生活没有更多的渴求，而他们内心深处却常常倍感焦虑，因为他们不得不时时提防各种阴谋和背叛。《圣经》说："君王之心深不可测。"当人心中除了猜疑恐惧再容不下别的事物时，这种心灵当然是不可揣度的。为了逃避这种可悲的心态，聪明的帝王往往会为自己找些事做，比如设计一座楼台，组织一个社团，选拔一位臣属，练习某种技艺等。举例来说，尼禄倾心于弹奏竖琴，图密善倾心于百步穿杨之技，康茂德倾心于剑术，卡拉卡拉则倾心于驾驭马车，如此等等，不一而足。这在有些人看来似乎很奇怪，他们无法理解，除非人们知晓以下常理，在琐碎小事上有所进益，比在辉煌大业中停滞不前更能振奋人心。在历史中我们还可以看到，有些帝王执政早期英姿勃发、所向披靡，到了晚年却陷入迷信和抑郁。如亚历山大大帝、戴克里先王，还有我们记忆中的查理五世等。这是因为一个早年习惯于叱咤风云的人，一旦陷入无所事事的寂寥，就会走向颓废。

再说帝王的威严。善于保持威严的帝王，是懂得施恩并善用驾驭之术的人。这意味着要在两个极端之间掌握平衡，这绝非一件易事。从这方面来说，阿波罗尼乌斯给维斯帕先的回答可谓富于教益。维斯帕问他："尼禄失败的原因是什么？"他回答说："尼禄虽然是个高明的琴师，但在政治上却显然不精此道。他有时把弦绷得过紧，而有时又把弦放得太松。"毫无疑义，宽严掌握不当是导致政治失败的原因。

近代论权术者，常常是把重点放在处置危机上，而不去考虑如何防止危机，这实在是有点舍本求末了。一方面固然不可因小失大（所谓明察秋毫，而不见舆薪），但另一方面也不可因大失小（毕竟星星之火，可以燎原）。任何一位帝王都难免会有一些政治上的敌人，但真正可怕的对手却是他们自己的心灵。正如塔西佗所言，历代帝王不仅多疑，而且愿望与行动往往自相矛盾，而权力之所以能腐蚀人的品性，也正是因为它提供了肆行无忌的可能。但是另一方面，对于帝王来说，他的敌人又似乎举目皆是：邻国、妻子、儿女、僧侣、贵族、绅士、盲人、平民甚至士兵，稍有不测都可能成为帝王的仇敌。

先说邻国。邻国的关系会随形势而变化，但无论怎样变，总有一条是不变的，即要自强不息，时刻警惕你的邻国（在领土、经济或军事上）实力超过你。这一般是预见阻止这种事态的常务顾问的工作。在英王亨利八世、法王法兰西斯一世和查理五世三雄鼎立的时期，他们都虎视眈眈，哪一方也不可侵占对方巴掌大的一块土地，如有一方胆敢越雷池一步，其余两方就会立即采取措施，或结成联盟，如有必要则诉诸武力，而且绝不苟且偷安，养虎遗患。而由那不勒斯国王的裴迪南、佛罗伦萨统治者美迪奇和米兰大公斯福尔扎结成的同盟也有同样的作用。经院派学者认为，如果一国没有主动侵犯另一国，就不应该进行战争。这种说法是不可信的。因为只有先下手打击潜在的对手，才是预防被侵略的有效方法。

帝王与他的后妃，历史上曾有过多次悲惨的史实。莉维娅王后毒死了她的夫君奥古斯都大帝；苏莱曼一世的王后罗克珊拉娜不仅杀死了著名的五子穆斯塔法苏丹，而且还给王室和继位带来了麻烦。英王爱德华二世的皇后，既是策划他退位阴谋的主谋，又是最后暗杀他的凶手。这些悲惨的历史事件之所以发生，不是由于储君的废立，就是由于后妃们的私欲。

至于帝王的子嗣，他们所带来的苦恼也不比别的少。一般来说，作帝王的父亲很少不对儿子们暗怀猜忌。我们前面提到的穆斯塔法的死对苏莱曼王室产生了致命的恶果，因为从苏莱曼起直至今日，土耳其王位继承者都有不正之嫌，恐怕有外来血统，甚至有人认为谢里姆二世是私生子。自从君士坦丁大帝杀死秉性温柔的王子克里斯帕斯后，皇室就不再有安宁可言。因为君士坦丁的两个儿子君士坦丁和君士坦斯都死于非命，另一个儿子君士坦提斯的结局也好不到那里，他确实是病死的，但死在尤里安起兵反他之后。马其顿王腓力普二世的太子德米特里厄斯受他兄弟的诬陷而被赐死。当腓力普二世发现了真相后，因忧悔过度而死，类似的例子在历史上不胜枚举。但事实上大多数帝王对他们儿子的防范，其实很少是有充足理由的。当然，历史上也不乏相反的例子，如谢里姆一世讨伐巴耶赛特、英王亨利二世讨伐三个儿子等。

再谈帝王与宗教领袖的关系。如果宗教势力过大，一定会威胁到帝王的统治地位。例如，历史上的坎特伯雷大主教安塞姆和贝克特，都曾企图把教权与王权集于一身。他们企图用主教的权杖对抗君主的剑，然而他们对付的却是一些强悍骄纵的国王：威廉·鲁弗斯·亨利一世和亨利二世，如果不是遭遇到强有力的对手，他们几乎就得手了。教权的危险，并非来自宗教本身，而是来自于与世俗政治势力的勾结——特别是如果有国家外部势力的支持，或者主教的权位并非由帝王指派，而是民众自发拥戴的时候。

至于贵族，帝王应当对他们保持一定的距离，避免过于压制他们，尽管这有助于加强中央集权，但也有可能导致政治危机。关于这一点，我在《亨利七世传》中曾作过讨论。由于亨利七世一直与贵族阶级对立，因此他在位时，王权始终危机四伏。贵族们对他虽然表面上恭顺，在事实上却不肯与他合作，使他处于十分孤立的境地。

社会上的绅士阶层，对王权的威胁相对要小得多。不妨让他们放言高论，但却要防止他们结成团体。由于他们可以制约贵族势力，而且还接近于平民，因此可以利用他们调节帝王与人民的关系。

关于国家中的富人阶级，他们好比社会的血脉。如果他们不繁荣，那么这个国家就可能羸弱。帝王不应企图用高税率压榨他们，高税率只能带来暂时的好处，但从长远看，只能导致国库财富的枯竭。

至于国家中的平民，只需注意他们中间的那种精英人物就可以了。若没有这种人的发动和领导，只要君王不对人民的生活、风俗、宗教信仰作粗暴的干涉，那么人们是不会闹事的。

最后再谈军队。这是一个危险的团体，尤其当他们产生物质欲望的时候。这方面，我们可以回顾一下历史上土耳其新军和罗马禁卫军的叛乱。最有效的防范办法就是分而治之，并经常调换他们的军官，且不要轻易用赏赐刺激他们的贪欲。

帝王如同天上的星宿，能带来清平时世，也能招致祸患年月。他们受万人景仰，但没有片刻的安宁。以上关于帝王之术的所有论述，最终可以归纳为如下两句话：第一，请不要忘记帝王也是凡人。第二，但也请注意，帝王既是人世上的神，又是神之意志的体现。第一句话是告诫帝王他们的能力有限，而第二句话则提醒他们所担负的责任和使命。

第二十章

谈谏议

人与人之间最大的信任莫过于进言的信任。因为在别的信任当中，人们不过是把生活的一部分委托于人，如田地、产业、子女、财务等个别事务，但是对那些言官或诤友，他们是把整个生活全都委托于人了。贤君明主亦当倚重谋臣，不必以为此举损己之威，扬己之短。连上帝也有谋臣，更将策士定为圣子的尊号之一。所罗门曾经说过："忠告带来安全。"对于一件事情，如果事前没有经过反复的推敲、斟酌和计议，就难免在执行之时出现无法预料的情况而有始无终、成败不定，恰如一个醉汉踉跄行路一样。所罗门自己懂得听取忠告和建议的重要性，而他的儿子却因为听信谗言而受了教训，他的上帝所最钟爱的国家最初就是由于邪说被分裂破坏的。这一教训告诉世人听取谏议时一定要先分辨清楚是否是邪恶的言论：第一，就人来说，要慎听幼稚轻率者的献策；第二，就事来说，要慎听那种过于激进的言论。

君主的安危与臣子的谏议是密切相关的。君主如何利用谏议，古人曾经用高明的譬喻进行过深刻的议论。其一，古诗中说朱庇特的妻子是墨提斯，而这位墨提斯正是言论之神，古人借这个故事表明谏议对君主的重要性。其二，这个故事还有下文：后来墨提斯怀孕了，但是朱庇特却不愿意让她生下这个孩子，他把她吞入腹内，因此他自己竟怀孕在身，后来就由头顶生下了全身武装的帕拉斯。这个故事听起来荒诞，却蕴涵着深刻的政治思想，启示我们贤明的君王应当利用好朝中的谋臣。这就是受孕怀胎，但事务在议会的子宫里发育成形，等成熟长大，准备出生的时候，君王就不能让议会发号施令、决断定夺，仿佛此事全仰仗它一样，而应把事务收回到自己手里，向世界表明那些敕令和最终指示（因为出台时审慎而有力，所以酷似全身武装的帕拉斯）都是出自君王之口；不仅来自他们的权威，而且（为了增强自身的声望）出自他们的才智谋略。

现在我们讨论下采取谏议的坏处及其补救之道。听取言论与采纳言论的坏处我们能看到有三种：第一，事务广为人知，有泄密的危险；第二，君权被削弱，仿佛君主优柔寡断似的；第三，有听信谗言的危险，为自己打算得多，为君王打算得少。就因为这三种坏处，意大利的一些君主提出了内阁谋议的原则，法国的一些君主也有内阁谋议的做法，这种制度的危害却可能比开放言论更大。

说到保守秘密，作为君主应当知道，他不必把所有的事情都告诉臣民，而是应该有所保留。当君主向臣子征求谏议时，也并不意味着他一定会照办。然而君主要有所提防，不可自酿泄密苦果。但是，即使是在一些秘密会议中，君主应该知道一句话，那就是“世上没有不透风的墙”。一个碎嘴以告人秘密为荣的人，他的危害，是即使有再多人恪守秘密，也挽救不过来的。有些高度保密的事务，除了君主本人，最好只有一两个人知道为宜，确实是这样。有时候这一两个人虽然只能拿出一两个谏议来，但在保守秘密之外，这些谏议能够不被干扰而依着同一方向进行。这时就需要一位贤明自信而且明辨是非的君主。比如说英王亨利七世，对于最重大的事件他只把秘密告诉他的两位重臣——莫顿和福克斯。

关于开放言论可能会削弱政府的权威，我们在前面的那个故事中已经指明了补救的办法。君主若能广泛听取臣民的谏议，不仅不会削弱其权威，而且还有助于加强它。从来也没有过君主因为广纳谏议而失去臣仆的，允许自由议论反而彰显了权力的强大，除非某些异议者秘密策划阴谋或者结成党派，但这是很容易发觉并可以及时制止的。

再者，关于最后一种坏处，就是人们提谏言常常掺杂了自己的私心，未必都是善的。俗话说：“大地上本无信诚。”但这句话并不是说一切人都是这样，总有人天性是忠实质朴、可以信任的。君主应当善于发现和使用这类人，并且善于引导他们监督那些谋取私利者。若有一个人的言论是以党争或私心为目的，这种情况时能很快被君主所发觉的。最好还是谏议者与君主要互相了解：“君主的德行没有什么比知人善任更贤明的了”。另一方面，作为谏议者，在进言中不可只投君主所好。一个合格的言官应以维护国家利益为己任，而不是过分迎合君主的喜好，否则，他就只会阿谀奉承，对君主及国家有害无益了。君主纳谏的方式有两种：公开征询和私下问询。这两种方法都是很有效果的，但各自有各自的优势。私下的意见较为自由，能更真诚地袒露内心；而在公开场合，人们较易受别人的好恶之影响。需要注意的是在听取地位较低者的意见时，最好选择私下场合，以便使他们畅所欲言。而在听取位尊者的意见时，最好选择在公众场合，使他们有所顾忌而出言谨慎。君主在选择人才时，应当避免受等级偏见的左右。君主在纳谏时，应当避免被等级偏见及对纳谏人个人偏见所左右。古人曾说：“只有死人才是最公正的发言人。”这话说得很对，活人受世俗的束缚，是很难持完全公允的立场的。书籍敢直言不讳的，因此君主要熟读书籍，尤其是那些人生经历丰富的人所著的书。

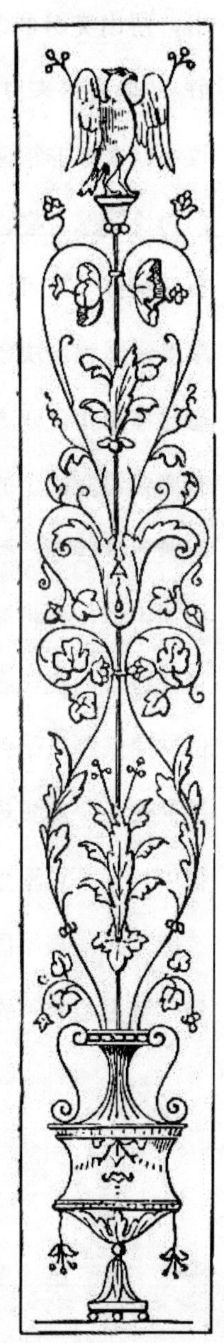

今天的许多议会实际上只有形式上的表决作用，只是附和政策而不是制订、选择政策，这对政治是不利的。在讨论重大问题时，最好提前一夜提

出，留出充分的考虑时间，然后第二天再议为好。正所谓俗话说得好："黑夜带来良言。"当初关于英格兰和苏格兰是否合并的问题，议会就采取非常谨慎有序的态度。我主张应该专门拿出一段时间来专门讨论请愿之事，这样既可以使请愿者对于他们所要求的事务的重点有所把握，又可以使议会有时间来进行讨论，如此便可以专注于手头事务。当议会决定对某一事务设立专门委员会时，任用那些不持偏见者比任用正反双方的死硬派好，后者容易形成僵持的局面。我也赞成有必要设立固定的常务理事会，解决诸如贸易、财政、军事、司法等问题。这些专门委员会应当承担审查责任，以仲裁所辖范围内的各种纠纷申诉，再将需要复议的重大事务提交给议会。但是提交委员会不可让过多的提议者参加讨论，以免形成要挟之势。表面上看议会的座位次序问题只是件微末小事，其实不然，因为长桌上的首席，事实上是处在一个决策者的地位上。当君主主持会议时应当注意，在讨论过程中，切不可率先泄露自己的倾向，以免给与会者带来暗示或压力，造成无人发表不同意见的尴尬。那样一来，整个会议中岂不是只能听到"我主圣明"的声音了。

第二十一章 谈时机

所谓运气，就如同身处集市，大多数情况下，若你能静观一会儿，物价是会下跌的。可是，有时运气又像老妇出售西比尔之书，起初整套书卷以高价出售，却并未如愿；毁掉三卷后想以原价卖掉，也未能如愿；最终在毁掉一半时，残卷却依旧能以原来高价卖掉。常言道：机不可失，额前的头发你不抓，你就等着抓秃头；带把的瓶子你不拿，滚圆的瓶身却难以扣住。善用始端，再没有比这更聪慧的了。看似平常的危险，其实并非无关紧要；更多的危险对人们更具欺骗性，而非逼迫性。不但如此，纵使风险并未临近，比起长久地警惕危险的临近，迎头而上会更好，毕竟观望久了，免不了会麻痹大意。此外，会有人被暗夜长影所欺骗（如月亮低悬，只照见敌人的背部时，就有人上过当）而提前放箭，因此而过早地招致危险，那又是另一种极端。时机成熟与否，必须反复权衡，一般而言，所有伟大的行动最好让百眼巨人阿耳戈斯瞻前而审时，让百臂巨人布里亚柔斯顾后而度势以速行；先仔细看，后加紧干。普鲁托的保密诀窍就是让政治家们在会上决策时要绝对保密，而在执行时要绝对迅速。因为凡事到了执行阶段，速度是唯一的密钥，像出了枪膛的子弹，以迅雷不及掩耳之势，快得眼睛无法看见。

第二十二章
谈狡猾

我所说的狡猾，指的是阴险诡诈的聪明。毋庸置疑，狡猾的人与智慧的人截然不同，这种差别不但体现在诚实正直的品格上，还体现在才干上。有些人懂得洗牌作弊，却打不出一手好牌。有些人结党营私是高手，其他方面却一无是处。另外，了悟人情世故是一回事，而洞悉事理又是另一回事。有些人能摸透人的脾性，却并不精于实干，只专于研究人而从不研究学问。那种只适合摆弄常务而不宜出谋划策的人只能驾轻就熟，如果面对新人，他们便不知所措，所以要知贤愚，还要依照老规矩:“把两个人赤裸裸地放到生人面前便知一二”，这种办法对这些狡猾之人倒不大适用。因为这些狡猾之人就如小商小贩，能抖出来的就只有那些杂货。

狡猾之术之一是遵循耶稣会的戒条，就是在与人交谈时眼睛却一直观察对方。世上聪明之人都有着隐秘的内心，面容却会泄露天机。

然而，察言观色之时，你还须依照耶稣会士们的做法，时不时地压低视线以示恭敬。

还有一种狡猾之术就是，当对他人有所求且并着急办理时，便东扯西拉让对方高兴，使他糊里糊涂，不能表示反对。我认识一位枢密院官员兼国务大臣，他每次请伊丽莎白女王签署文件的时候，无一例外地先跟她谈论国事，这样一来，她压根就不怎么关心那些文件的内容了。

还有一个出奇制胜的办法就是在对方毫无准备的时候，提出一项建议，让他来不及思考就做出仓促决定。一个人若要阻挠一件他认为别人会干得既漂亮又高效的事，最好的方法是装出赞同的样子，并亲自推动此事，借用手段最终使事情泡汤。欲言又止，仿佛硬把话憋在心里，会大大刺激你与之商谈的人的兴趣，这足以使与你交谈的人兴趣骤增，意欲了解更多。

事情被问出来而不是主动提出来时，往往会很有效果。摆出一副不同往常的样子，设个悬念，最后就等着对方询问为何会有如此变化，就像尼希米所说："在那次故意露出忧伤而被国王询问之前，我就从来没有过愁容。"

涉及难言和令人不悦的话题，最好是让无关紧要的人先开口，然后再让有话语权的人在不经意间询问，如此一来，难言与不悦便有机会在谈话中被提及。像纳西瑟斯所做的那样，他在对克劳狄揭发梅萨琳娜和西利乌斯私通这件事上所扮演的就是一个无关紧要的角色。

如果一个人不愿意把自己搅在某些事件里，便借世人所言，这就是一种狡猾，比如说“人家都说……”或“外面有一种说法……”，诸如此类。

我知道有一个人在写信的时候，他总要把最要紧的事情写在附言里头，好像那是一件随便提及的事一样。

我还认得一个人，在他说话的时候，总要略过他心里最想说的话而先说别的，再转回来说到他想说的事情，就好像是一件他差不多忘了的事一样。

有些人想对某人施计，就在这人突然碰到他们的时候，故意装出大吃一惊的样子，把信件拿在手里，或者做一些平时不做的事情，以此制造被对方撞破的假象，诱使对方打听自己想讲的事情。

狡猾之术还有一条，就是自己故意说出某种话来，让另一人学着去跟别人说，然后再以此为由陷害那个人。我知道在伊丽莎白女王时期，有两个人争夺大臣职位，然而两人依然交好，并且还常常一起协商此事。其中的一个人就说，在王权衰微的时代，大臣不好当，自己也不想当。另外的一个人立刻就学会了这些话，并且同他的许多朋友谈论，眼下王权衰微，自己犯不着去当什么大臣。前一个人便抓住了这句话，设法让女王知道。女王听到“王权衰微”的话，大为不悦，从此以后再也不肯听那另一个人的任何请求了。

有一种狡猾之术，在英国叫作“锅里翻饼”，甲对乙所说的话，甲却赖成是乙对他说的。老实说，像这样的事若只在两人之间发生，而要发现是谁先提出来的、怎么开始的，很不容易。有些人有一种办法，就是以否认的口吻自解，从而影射他人，如同说“我是不干这个的”，就像提吉利努斯对布鲁斯所说的：“他并无二心，而是一心以皇帝的安全为念”。

有些人肚里装着无数的奇闻轶事，所以无论他们要陈说什么事，都能用一个故事把它包装起来。这种办法既可以保护自己，又可以使别人乐于传播你的话。

把自己要得到的答复先用自己的话语说出一个大概来，是狡猾的上策之一，因为这样就可使交谈的人不假思索便顺着说。

有些人在想说某些话之前，先东拉西扯，这是一种很需要耐心的办法，然而用处也不小。

突然说出一个大胆的、出其不意的问题，的确使人大吃一惊，从而坦露自己的心事。这就好像有个人改换了名姓在圣保罗大教堂里走来走去，而另外一个人突然来到他的背后用他的真名呼唤他，此人必然会立刻回头去看一样。

这些狡猾的小把戏是变幻无穷的，而把它们一一列举出来也是一件好事。不过，再没有比用狡猾冒充聪明更狡猾得了。但归根结底，狡猾并非人的真聪明，而只是一些投机取巧的小技巧。虽可用于一时，而终难欺骗一世。正如所罗门所言：“智者步步谨慎；愚者招招骗人。”

第二十三章
谈自谋者的聪明

蚂蚁精于自谋，但在果园或花园里却是有害的；同样，那些深爱自己的人若是私心太重，必将会做出有损社会的事。理智地区分爱己与爱他，坚守自己的节操，以免亏负他人，尤其是对君王和国家。任何行动都以自己为中心是可悲的，就像地球一样，只固定在自己的中心点快速运转着，而其他天体都是围绕着彼此的中心运转并相互受益。君主凡事为自己考虑的做法是可以接受的，因为他们代表的不是他们个体本身，他们的善恶紧系着公众安危。但是对于国王的仆人和共和国的公民来说，这种行为可以说是十恶不赦，因为这样的人无论经手什么事都会以自己的利益为重，往往有悖君主或是国家的利益。因此，君王或元首用人要选择没有这种行为品质的人，除非他们想让公事沦为私事的附庸。自私自利的行为更大的危害是导致事情不合常规。先顾臣仆之利，再及主上之益，这已经是本末倒置了；然而有时竟以臣仆的蝇头小利完全代替了主上之大利，这就是最极端的危害了。这种情形正是品行不端的官员、财吏、使节与将帅以及其他的奸臣污吏的所作所为。这种自私自利之心使他们走偏了，从而把自己的利益凌驾于君王大事之上。对于大多数人来说，他们所得到的好处完全是他一己的幸福，而他们为了得到好处而付出的代价则是君主的重大利益。这些人引火烧房只为烤熟自己的几个鸡蛋，当然这是极端自私者的本性。然而这些人却能屡屡得到君王的信任，因为他们一心只想着奉承君王、谋取私利，两种算盘都会使他们置公事的成败于不顾。

在许多方面，自谋者的聪明都是卑鄙的。是大厦将倾前抽身而去的老鼠般的聪明；是为占他人之地而赶走为自己挖穴的獾熊的狐狸般的聪明；是在吞噬他物时流泪的鳄鱼般的聪明。但需要特别指出的是，那些（借用西塞罗在谈到庞培时所说的）爱自己胜过他人的人，往往是不幸的。虽然他们的一生都奉献给自己，但最终却成了命运无常的牺牲品。而在这之前他们自以为用自己的智慧可以掌控变幻的命运。

第二十四章

谈革新

正如众生初始，总是样貌不佳一样，革新也如此，因为革新是时间的初始。第一个光宗耀祖的人通常比后继者要强得多，所以，开创先河的人（如果是好的）很少能够通过模仿达到。因为人性本恶，并且恶有一股极强的原动力，在之后的发展中更强。而善作为一种被强迫的力量，初期最强烈。诚然，革新就是一剂药。有了新病却不去用新药，病情就会恶化。时间是最伟大的革新家。如果时间让事情变得更糟，用智慧和计谋也无法挽回局面，那将如何了结？诚然，约定俗成的东西即便不好，但至少适合。长期共存之物，一如既往便会彼此默契，而新事物却较难融入。虽然新事物很实用，但是会因为不能与旧事物契合而招致麻烦。此外，新事物就像陌生人，令人惊异的时候多，受人喜爱的时候少。如果时间静止不动，依随传统是对的。然而，时间运转不停，所以一味地恪守旧俗就会扰乱革新。泥古不化者必然会在新时代传为笑谈。因此，人们在革新时最好要以时间为例，时间使一切事物产生巨大的改变，但是这种革新却悄无声息难以察觉。任何新事物的出现总是出乎意料的，总是会让一些人受益一些人受损。受益的人认为很幸运，便感谢时运，而受损的人则认为是飞来横祸，会归罪于革新者。除非需求紧急或是明显有效，否则国家切不可推行试验性的新政。需要特别注意的是，是革新的必要引起事物的变革，不是为了革新而革新。最后，革新虽不应被断然拒绝，但也应心存质疑、谨慎对待。正如《圣经》上写的："我们要驻足古道，环顾四野，待发现阳关大道，再行于其上。"

第二十五章

谈快捷

贪图快捷可能是做事最具危害的因素之一，正如医生所说的“预先消化”或“快速消化”，它肯定会使未消化的食物留存于体内，并埋藏下疾病隐患。因此，衡量快捷的不是时间长短，而是事情的进展。比如跑步，速度不局限于跑步的步幅和抬腿的高低，换而言之，做事也如此，办事快是指把事情抓得紧，而不是为了求快而急于包揽太多。有些人一心想的是短期完工，或者草率了事，只为让别人看起来觉得自己办事利索。然而偷工减料是一回事，利索是另一回事。这样反复做几次，摇摆不定进退两难，事情的进展不会稳妥。我认识一位智者，每逢别人草率办事的时候他都会这样奉劝：“慢点，事情才会更快解决。”

话又说回来，真正的快捷弥足珍贵；时间是衡量办事效率的标准，这就像金钱是衡量商品价值的尺度一样；不讲快捷的地方，办事

的费用就高。众所周知，斯巴达人和西班牙人是办事慢的典型："我希望死神来自西班牙"，因为那样它肯定会很久才到。

对那些讲述第一手信息的人我们要认真聆听他们的话，宁可在他们讲话前就先下命令，而不是在他们报告中总是打断他们；因为按照自己的顺序讲述的人会逻辑清晰、前后有序，在被打断后继续回忆再讲出来会觉得不连贯并且更加乏味，而不如按照他自己的思绪一如既往。有时候人们发现提问的比答疑的更让人讨厌。

反复通常被认为是浪费时间，然而一再重复问题的实质最能节省时间，因为它会在问题出现的时候赶走许多琐碎的问题。冗长而奇特的演讲不利于快捷，就像长袍拖裙不利赛跑一样。序言、客套和引用以及其他有关个人的言论都是极大的浪费时间；虽看似谦虚，但实质是浮夸；但是当有嫌隙或心有偏见而阻碍交流时，就需要一段引子；因为心灵的关注需要言语的引言，就像热敷能使药膏渗入皮肤一样。

最重要的是，各部分的秩序、分配、选择是快捷的核心，只要安排不至于过于微妙就好。因为没有条理的人永远不会理解事物核心；但是分列太多的人永远不会爽快完成。选择机遇就是节省时间；不合时宜的行动只会徒劳无功。做事有三个步骤，即准备工作、讨论或测验、完成。如果你想要快捷，那么中间的部分能让许多人参与，但是第一步和最后一步只能少数人去做。做事前经过一定程度的计划安排，在很大程度上能够有助于快捷；它或许被彻底推翻，但是比起无所事事，即便被否定的决议也意味着事情有所进展，就像灰烬比普通的尘土更具肥效一样。

第二十六章
谈假聪明

一直有一种观点，认为法国人似愚实智，西班牙人似智实愚。且不论民族与民族之间是否真的如此，人与人之间的情形确实是这样。因为这就像使徒所说的虔敬，“只有虔敬的外表，没有虔敬的内心”，同样，世间竟有人要聪明不做事或少做事，却把表面功夫做得足足的，明显的“出大力办小事”。这些形式主义者用尽手段使那些虚无缥缈的东西跟真的一样看得见摸得着，简直是贻笑大方。有些人言行机密，就好像他们的所作所为只能在暗地里进行，并且常常好似心里有话而又不肯明言，其实是他们心里明白所说的事自己知之甚少，但却要装模作样、故弄玄虚，从而让别人以为他们知道许多但不能明说一样。有些人善于装腔作势，通过指手画脚来显示聪明，正如西塞罗讽刺皮索答话时的行为表现：“你把一边眉毛抬向额头上方，把另一边眉毛弯到下巴上，回答说你不赞成暴虐。”有些人表达时使用华丽的辞藻，说话时不容置疑、滔滔不绝，把无法证明的东西用作理所当然的论据。有些人遇到超出自己能力范围的事物，就会鄙视或轻视以便把自己的无知打扮成见识。有些人为了显示自己的与众不同，总喜欢巧言善辩来哗众取宠，借此躲开正题。盖利乌斯说这种人是“靠着巧言善辩专门破坏大事的人”。柏拉图也在他的《普罗塔戈拉篇》中加入了这类人的例子并嘲笑了一番，把普罗迪科斯作为嘲弄的靶子，让他讲了一段话，但他的演讲从头到尾都毫无实质意义。一般来说，在所有的讨论中，这类人都会站出来反对，专门挑缺点和难点，因为这要比创新容易得多。提议一旦被否定就结束了，但如果提议得到允许，则会诞生一项新的工作。弄虚作假的聪明是做事的祸根。总而言之，世上没有真正破产的商人或倾家荡产的乞丐，就是有，这些人也会千方百计摆出一副富有的门面。但在这些草包所玩的诸多花招却总显得相形见绌。

假聪明的人可以运用伎俩而获得别人的赞誉，但最好在工作中不雇用这类人。毫无疑问，宁可要一个榆木疙瘩也不要一个绣花枕头。

第二十七章

谈友谊

亚里士多德说过：“喜欢孤独的人不是野兽便是神灵。”没有比这句话能更准确地道出其中的真谛，而能在寥寥数语中把真理与谬误混为一谈说出来更是胜人一筹。如果一个人天生对社会就暗自怀有仇恨与恶意，那他多少都带有一些兽性，这是千真万确的；但是若说他具有任何神圣的特质，可就是妄言了，除非他不是出于独处的乐趣，而是出于一种爱和渴望，退隐而过一种更高尚的生活。有些异教徒却只是在欺世盗名，如克里特人埃庇米尼德斯、罗马人努马、西西里岛人恩培多克勒以及提亚纳的阿波罗尼奥斯。而古代的隐士和教会的圣父们身上神圣的特质却是真实存在的。一般人很少会明白什么是孤独以及到什么程度才叫孤独。在没有爱的地方，人再多也未必有与己为伍的伙伴，一张张面孔不异于与己无关的一组图片，就算一起交谈不过就如铙钹相碰叮叮当当罢了。有句拉丁谚语大概能形容这种情形：

“城市很大，如同一片旷野。”因为在一座大城市里，朋友们是散居各处的，所以多数情况下，没有街坊邻里才有的那种情谊。进而言之，缺乏真正的朋友乃是最纯粹最可怜的孤独。没有友谊则人生不过是一片荒野，从这个意义来讲，就是孤独，那些乐于孤独的人其性情可说是禽兽而不是人。

友谊的主要效用是让人心中的愤懑抑郁之气得以宣泄，否则长久积郁会致病的。众所周知，对于身体来说，最凶险的疾患过于梗阻窒塞；对于精神来说，情形同样如此。通肝可用菝葜，畅脾可用铁剂，利肺可用硫黄，醒脑可用狸香，舒心则莫如知交挚友。只有对于挚友，你才可以尽情倾诉你的忧愁与欢乐、恐惧与希望、猜疑与烦恼。总之，那些沉重地压在你心头的重担，都可以通过友谊的肩膀而被分担。

正因为友谊具有如此的魅力，甚至连许多高高在上的君王也无法抗拒，以至许多人为了追求它，宁愿降贵屈尊。这就不足为奇了。按照常理说，君王是不能享受友谊的。因为友谊的基本条件是平等，而君王与臣民的地位却是悬殊的。除非他们（为使自己能享受友谊起见）把某人晋升为自己的伴侣或地位相当的人，然而这样做的结果往往是有不便之处的。现代人称呼他们为宠臣或心腹，顾名思义，似乎这样的人之所以能到这种地位仅仅是由于主上的恩宠或者只为君臣之间的亲近而已。罗马人称为这种人为"君王的分忧者"，这种称呼恰如其分地道出了他们的作用。实际上，不仅那些性格脆弱、敏感的君主会这样做，就连许多性格坚毅、智能过人的君王，也愿意在他的臣属中选择朋友。而且为了更好地发展这种关系，他们需要尽量地忘记自己高贵的身份。

罗马的统治者苏拉把庞贝（后来冠之以“伟人”称号）晋升至高位，以至于庞贝自我吹嘘说苏拉都不及他，而苏拉竟容忍他的冒犯。有一次庞贝为他的一位朋友争执政官之职，与苏拉所推举的人竞选而获胜。在苏拉对此表示不满而开始争吵的时候，庞贝反唇相向，叫苏拉不要多言，说“因为崇拜朝阳的人多，崇拜落日的人少”。

伟大的恺撒大帝曾经与布鲁图结为密友，将此人指定为排名仅次于自己外甥的继承人。结果布鲁图居然诱使恺撒堕入圈套而被同党谋杀。因为恺撒看到了一些不祥的预兆，尤其是他的妻子卡普尼娅做了一场噩梦，本打算取消元老院的会议，布鲁图拉着他的胳膊，轻轻地把他从椅子上拉了起来，并告诉他说，希望恺撒去开会，不能等卡普尼娅做了好梦再开。恺撒对他真是言听计从，以至安东尼在一封信里——此信在西塞罗的一次抨击安东尼的演说中曾一字不差地引用过——称他为“巫师”，仿佛是他使恺撒着了魔似的。奥古斯都把阿格里帕（虽然出身微贱）提到万人之上，他就女儿裘利娅的婚事征求梅塞纳斯的意见。梅塞纳斯竟冒昧地告诉他，他要么把女儿嫁给阿格里帕，要么就要了阿格里帕的命，没有第三条路可走，因为他已经使阿格里帕成了举足轻重的人物。赛扬努斯在提比略手下扶摇直上，最后他们俩被人看作一对密友。提比略在给赛扬努斯的信里说道：我和你之间没有不能诉说的秘密。元老院还特意为他们的友谊修了一座圣坛，以彰显他们两人的亲密友谊。塞普提缪斯·塞维鲁和普劳蒂亚努斯的友谊与之类似，或者更胜一筹；因为塞维鲁强迫他的长子与普劳蒂亚努斯的女儿成婚，在普劳蒂亚努斯侮慢皇子时往往予以袒护，而且在写给元老院的信中这样写道："朕深爱此人，愿他比朕长寿。"如果这些君王都像图拉真或马可·奥勒留那样，那么可以把上述行为解释为多情和善良。但实际上这些人都具有刚强的意志和自尊好强的性格，然而在他们的生活中友谊仍是不可缺少的，尽管他们有妻子儿女和各种亲属，却仍然不足以替代朋友的这种感情和快乐。

千万不可忘记科明尼斯讲到他第一位主公——勇敢的查理公爵——的话，他说查理公爵从不愿把自己的重大事件与他人商讨，尤其是不愿意把令自己为难的事告知于人，而这种无论大事小情都缄口不言的性情对他的事业、他的理智无疑是有害的。当然科明尼斯如果愿意，他也会对他的第二位主公路易十一下同样的断语，因为在这一点上，路易十一比起查理公爵来有过之而无不及。这种孤独无伴的状态成了路易十一一生的灾星。毕达哥拉斯曾说过一句难解却又很真实的格言："不要要啃掉自己的心。"如果将这个比喻讲得再明白一些，就是说，那些没有朋友可以倾诉的人，其实是在自己吞食自己的心灵。必须承认，友谊的创造性作用很奇特，无一例外：如果你把快乐告诉一个朋友，你的快乐会翻倍；而如果你把忧愁向一个朋友倾诉，你的忧愁会减半。所以友谊对于人生，就像炼金术士所要寻找的那种“点金石”，它既能使黄金加倍，又能使黑铁化金。实际上，即便不借助术士之喻，在自然现象中这种规律也是普遍存在的。物质相合而聚，能够增强自身之力，而且无坚不摧。人与人之间也是如此。

友谊的另一种作用能增益人的智慧，正如友谊的第一种作用能够调剂人的感情一样。因为感情上的友谊能使人摆脱暴风骤雨般的躁动，从而走向阳光明媚的晴空，又能使人走出思想上的阴霾与混乱，而走向光明理性的思考，这不仅是因为朋友能给出忠告，而且在此之前的任何平心静气的讨论都能把搅扰你心头的一团乱麻，整理得井然有序，内心和思维都会豁然开朗，也就能够设想用语言表达出来的时候会是什么样，因此也就显得比以往更聪明。所以毫无疑问，与朋友进行一小时促膝交谈的效果比一整天的深思更强大。地米斯托克利对波斯王说的话很有见地："语言犹如完全展开的花毯，形象鲜明；思想就是卷起的花毯。”其实，友谊的第二个作用，即开启理智的作用，这并不仅仅局限于能给予忠告的挚友（这样的朋友的确是好），即使只与人进行语言的相互交流就可增长见识。讨论犹如砺石，思想好比锋刃，两相砥砺将使思想更加锐利。简而言之，与其把一种想法紧锁在心头窒息而灭，倒不如向一座雕像或一幅画像倾诉，也可治愈心灵。

为了充分说明友谊的第二个功效，我们再谈一谈那个人人皆知的一点，即朋友的忠言。哲学家赫拉克利特曾说过“纯光最亮”。的确如此，一个人通过朋友的谏言所得到的启示比自身所发出的理智之光更纯粹也更有效，因为个人的理解与判断往往会受到感情、习惯、偏见左右而难免会有失偏颇。朋友的忠言和个人的主张之间是有差别的，就如朋友的逆耳之言和谄媚者的奉承之语的差别一样。人自己就是最大的谄媚者，而自身却无法防御。但友人的逆耳忠言却恰好可以治疗这个毛病。朋友的忠告有两种，一是关于做人的，一是关于做事的。说到做人，最能使人心灵健全的莫过于朋友的良言忠告。苛责自己有时如一剂过猛、过毒的药；阅读教化之书不免会枯燥无味；引以为戒有时也未必切合自身的实际。甘之如饴行之有效的最好办法莫过于朋友的告诫。事实上许多人（尤其是一些伟人）之所以做出终身悔恨之事，身败名裂，就是由于他们身边缺少朋友的忠告。正如圣雅各所说的："有时照了镜子，不久却忘记了自己的嘴脸。"就做事而言，有人认为两只眼睛所看到的未必比一只眼睛见到的更多；或者以为局中人所看到的总比旁观者要多；或者以为一个发怒的人未必不如一个心思沉静的人聪明；又或者认为一支旧的火枪不论托在手臂上，还是架在支架上都会打得一样准。总之，这种人可以有许多类似的愚蠢的想象，认为有没有别人的帮助结果都一样。然而，最有益于事业的莫过于忠告。另外，在听取意见的时候，有人喜欢这件事问问这个人，那件事又问问那个人。这当然比不问任何人好，但也要注意，在这种情况下会有两种危险：一种是这些零敲碎打得来的意见可能是一些不负责任的看法，因为最好的忠告往往来自于完全诚实的友人，否则难免会有趋于私利的偏颇之词；另外一种危险就是这些来自不同人的意见虽然本意是好的，但极有可能会互相矛盾，使你不知所从，就像你生病求医，一位医生虽会治疗你的病却不了解你的身体情况，服了他的药虽然这种病好了，却可能从另外的方面损害你的健康，治了病却也伤了人。所以最可靠的忠告，只能来自于最了解你做事方式的友人，只有他的忠告才会小心谨慎、趋利避害，对你更有针对性。因此，最好不要依靠零敲碎打的忠告，它们分散精力和误导的可能性远远大于稳定事端和指导的可能性。

友谊对于人除了以上所说的平和情感和助益判断以外，还有另一种功效，这种功效就像石榴籽儿一样饱满，意思就是朋友对于一个人的各种行为、各种场合都有所参与和帮助。如果一定要把友谊的多种功效明显表达出来的话，那就数一数，一个人的一生中有多少事情是不能靠自己去完成的，就可以知道友谊有多少种益处了。因此古人说："朋友就是另一个自己。"但这句话还远远不足以说明朋友的作用，因为朋友并不仅仅是另一个自我。人的生命是有限的，有很多事情，比如未嫁娶的子女、未完成的工作等，来不及做完就死去了。但如果有一位挚友便大可心安，因为他将能承担你未做完的事情。因此从某种意义上来说，朋友可以使你获得又一次生命。人只有一个身体，且没有分身术。朋友就可以代表你到你不能去的地方完成大事。而且人生中有许多事，为了颜面是不便自己说或自己办的，比如人为了避免自夸之嫌，很难由自己讲述自己的功绩，可怕的自尊心又使人在许多情况下无法低头去恳求别人；但是如果有一个忠实可靠的朋友，这些事就都可以办到了。另外，生活中人们不得不顾忌的身份，比如在儿子面前，你要保持父亲的威严；在妻子面前，你要考虑作为男子汉的体面；在仇敌面前，你要维护作为对手的尊严。但作为朋友，就可以就事论事，不必看人做事。友谊的好处不胜枚举。总而言之，当一个人不能以一己之力完成要做的事时，我只有一句忠告：有朋友，万事无虞；没朋友，一事难平！

第二十八章

谈消费

钱财是用来消费的，消费应当以荣耀或行善为目的。因此，特别的消费应视事情的轻重而定。国家利益神圣不可侵犯，为此消费值得倾家荡产。然而日常的消费应以个人的财力状况为标准，支出绝不能超过收入。要管理得当，谨防被家仆所欺，同时力求以低于估计的支出，得到高于它的效益。毫无疑问，要想使自己收支平衡，应把日常的花费控制在收入的一半。而如果想变得富有，那就只能消费收入的三分之一。即便是大人物，自己动手清点管理自己的财产也绝不会有失身份。有些人不愿这样做，不仅仅是因为他粗心大意，倒可能是怕因检查而发现自己已破产，平添许多烦恼。然而就像明知有伤却不去检查一样，又如何能医治呢？不会当家理财的人，一定要用人得力，并且最好经常更换，因为新人往往做事谨慎，少于算计。不常清点财产的人，至少应对自己财产的收支做出详细的规定。

一个人若在某一方面开销较大，就必须在另一方面上有所节制。比如在吃喝上花钱多，就应在衣着上节省；在住房上讲究，就应减少在马厩上的花费。处处都大手大脚，将难免会陷于困境。偿还债务时，不要急于一下还清。因为草率变卖家产还账，就又可能轻而易举地走上借贷的老路。何况一次还清债务的人还会重蹈覆辙，因为发现自己走出困境就会故伎重演。而一点点地偿还债务，就会使人养成节俭的习惯，这无论对他们的心理还是财产都有益处。当然，人不能因算小钱而误大事。但是，低三下四地谋求小利不如在小事上精打细算更为体面。对待持续消费的支出应该小心翼翼，因为开销一旦起头，就要继续下去。但对于那些一次性的开销则不妨大方一些。

第二十九章

谈强国之道

在一次宴会上，有人邀请雅典政治家塞米斯陶克里斯奏琴。他却说自己不精于琴道，只懂得如何使一个小邦变成强国。此人一向持功自傲，桀骜不驯。但他这句话的确可以作为评判政治家的至理名言。我们进而可以用这个标准来衡量一下政客官员们，就会发现可以把他们划分为两类：有一类属于少数，善于把弱邦变成强国，却不懂弹琴；另一类属于大多数，精通琴道，却不善于把弱邦变成强国，不仅如此，这种精通琴艺的人，往往还具有一种相反的才能，就是把一个繁荣兴旺的强国搞得国破民衰。有许多尊享高官厚禄者，媚上邀宠，只精通弹琴一类的雕虫小技，借以沽名钓誉，却无治国兴邦之术。这种治国者，被恰如其分地被称为“弄琴者”。这种人虽善于在大庭广众之下哗众取宠，但对国家的发展与进步，却毫无裨益。还有一种政治家够得上一个“能”字（即所谓“干才”）。他们能够治理国政，不使国家陷于危难与困境，可是却做不到创业兴邦，这种平庸之辈也是不足一提的。我们所应当探讨的，是一个国家真正的强大之处以及任何伟大的政治家都不能不注意的强国之道。对于雄才大略的英主来说，这是一个最值得认真思考的问题，怎样才能做到既非好大喜功，又非无所作为呢?

每个国家的疆域有限，它的财政收入也是有限的。它的人口可以用数字来统计，城镇可以标注在地图上。然而，在政务中最不易计算的却正是对一个国家实力的估计。我们知道，基督并没有把天国比喻成一个巨大的果实，却只比作一粒小小的芥籽。然而就是这样一粒不平凡的芥籽，一旦播种就能繁殖、茁壮成长，最后将带来满仓的收获。同样对一个国家的实力也可以用这个观点去譬喻。有些国家外强中干，有些国家貌似弱小，却正在发展壮大。

国家的强弱，并不仅仅取决于拥有多少高墙、坚垒、大炮、火药、战车及骏马，这些都是假象。从根本上说，只有民气强悍英武，国势才能强盛不衰。否则，尽管有数目庞大的军队，缺了勇气也无济于事。罗马诗人维吉尔说过："狼从不介意它所面对的羊究竟是一只还是一群。"在阿比拉之战中，马其顿亚历山大大帝所面对的波斯军队浩如人海，以至连他的战将也感到惊惶，因而建议将作战计划改为夜袭。但是，亚历山大却说："我从来不用偷偷摸摸的方法取得胜利。"结果他纵精兵入阵，以少胜多，击败了数目庞大的乌合之众。而相反的事实是，亚美尼亚国王提格尼斯率四十万大军与罗马军团对阵，当他发现对手只有 1.4 万人时，不免调侃道：“这点儿人，作为一个来求降的使团未免太多，但是作为一支来打仗的军队，又未免在太少了。”然而战斗还没进行到日落时分，他就发现自己已经全军覆没了。数量抵不过勇气，以少胜多的例子不胜枚举。由此我们可以得出如下的结论：国家的强大取决于一个尚武善战的民族。有一句老话说：“金钱是战争的筋腱。”但如果这筋腱是生长在精神萎靡、四肢无力的民众身上，再多的金钱也挽不回战争的胜利。当国王克里沙斯向俊伦夸耀他的财富时，梭伦说得好：“陛下，当有人过来说他比陛下您拥有更强大的兵器时，那么您所拥有的财富只能归于这个强者所有了。”所以治国者应当懂得，除非自己的臣民和军队足够强大，否则数字再庞大的军队和财富都不可依赖。至于自己臣民不可靠时花钱雇来帮忙的军队，更是狐假虎威，只可得意一时，不可依仗。

犹大和以萨迦的命运是永不会相合的，同一个民族或国家不会既是幼狮又是负重的驴子，前后两者不可能相提并论。一个国家的人民如果负担着太重的苛捐杂税，那么国民就不能勇敢尚武。但是，人民自愿捐纳所得税的国家不在此例，荷兰的国税和英国的特税就是很好的例子。值得注意的是，我们现在所论的是心胆的问题而不是钱包的问题。一样的赋税，国民不论是自愿与否，对于钱包的作用是一样的，但是对于人民的勇气，其作用可就不同了。因此可以断定，凡是困于租税的人民是建不起强大帝国的。

要想使国力强盛，还应当抑制贵族阶层的发展，不能使其过于强大。否则，平民百姓会被压至最底层，唯唯诺诺，最终沦为上流阶层的奴仆。这也正像树林中的情况一样，高大的乔木过密，树下就很难长成一片树林，只会繁生出灌木丛。同样，在一个国家之内，如果上流阶级人数过多，则平民必定降为卑下，其结果将会是一百个人中找不出一个骁勇之士，尤其是找不出一个被称为军队神经系统的好步兵。这样的国家虽然人口众多而实力很小。就拿英国和法国进行对比，英国在土地和人口方面都次于法国。但在历次战争中，英国的优势却胜于法国。原因就在于英国士兵来自于自由的中产阶级，而法国士兵则来自于贫贱的农奴。就这一点来说，我们应当感谢英王亨利七世所实施的那种有远见的政策。他实行了限田和均田的农业政策，使人人都有田种，不会导致农民丧失土地而沦为农奴的现象发生，从而达到了古诗人维吉尔所形容的理想境界："兵强马壮，田地丰饶，国家繁荣"。

此外，还有一点也是不容忽略的（这种情况据我所知仅存在于英国，此外也许还有波兰），就是服侍贵族和绅士的都是享有自由权的公民。由他们组成的军队，其战斗意志——也就是捍卫自由的意志非常强烈，一点也不逊于中产的平民。

据说巴比伦王尼布甲曾梦见一棵大树，此树根脉足够强壮，以至枝叶不管长得多大仍然可以支撑。这个梦的寓意是，一个国家与它所统属的子国之间的比例要适当，方可支撑。即使一个小国，如果具有开放的心态和兼容并蓄的国策，善于不断从外部吸取人员和文化上的精英，那么也一定可以发展成为一个一等的强国，反之，就很难得到生存和发展。斯巴达人对于外邦人入籍控制得最严，因此他们能把这块小小的城邦坚守得很牢固。然而一旦他们面临必须向外开拓的局面，就会很快土崩瓦解了。历史上最乐于向世界开放的城邦莫过于罗马。他们愿意把公民权授予一切愿意归顺和定居于罗马城的人，而根本不考虑他们过去属于哪个国度。不仅如此，他们还允许这些外籍公民享有与罗马人完全平等的权利——不但享有贸易权、婚嫁权、继承权，而且享有选举权和担任公职权。罗马人不仅将这种权利授予个人，也授予家族、城郊甚至一个国家。同时，罗马人把自身看作世界的公民，他们不断向外扩张、拓展和移民。于是罗马开始不断向世界化发展——一方面是罗马走向世界，另一方面是世界走进罗马。这也正是罗马可以从一个初期的小邦，迅速成长为罗马帝国的原因。西班牙这个国家也令人惊诧。本土西班牙人那么少却能获得如此庞大的海外属地。这种局面又是怎么形成的呢？西班牙本国的疆土的确是一棵大树，与罗马和斯巴达初起相比，优胜得多了。虽然他们没有准许外国人入籍的惯例，可是他们的办法也不差，那就是，在由普通兵士组成的西班牙军团中，外籍士兵的待遇和本国人相同，不但如此，有时也聘用一些外籍军人担任高级将领。这样他们就改善了本国人力资源不足的情况。

生产、技艺和精细制造与军事活动的性质是截然不同的。一般来说，尚武好战的民族往往在生产上比较懒惰，他们不喜欢从事劳动，却喜爱冒险。因此，古代的斯巴达、雅典、罗马等国家，都蓄养奴隶从事劳作。但奴隶制是违背基督教精神的，因此这种制度今日已被废除。取而代之的办法，就是把奴隶们干的工作交付给用钱招来的外籍工人，这样外籍工人也可借此留下来。特别是几类繁重低下的工作，如耕作、仆役以及铁匠活、泥瓦匠活和木匠活等，专职军人还不应包含在内。

一个国家如果想真正强大起来，就必须以举国之力把军务当作唯一的荣耀、学问和职业。其实我以上所讨论的，都不过是军事所需要的条件和准备罢了。因为如果没有目的和行动，条件和准备又有什么用呢？据说罗马城的创始人罗慕洛临死时留给罗马人的遗言就是：不断加强武力，营建一个世界帝国。善战的斯巴达国家的全部组织结构也都体现着这样一个总体的霸权目标（虽然组织得并不完善）。在一段较短的时期里，波斯国和马其顿也曾是举国皆兵。高卢人、日耳曼人、哥特人、撒克逊人、诺曼人和其他民族也都曾有过类似的梦想。土耳其人至今仍然具有这种梦想，只是实力没达到。欧洲今天的诸基督教国度中，实行这种军国政策的只有西班牙一国。毫无疑问，平时下大力者必受益。根本不尚武的国家是不会突然变强大的。相反，那些长期尚武的国家，如罗马人和土耳其人将成大业，立奇功，这是历史最可靠的教训。那些仅仅在某一时期曾经尚武的国家却也曾多半变得强大，而这种强大的情形，是到了后来，一旦武力不及，国势就必然衰败。

与此相关的另一点是，如果发动战争，必须在法律和政策上有所依据，至少要有一个借口。人性中天然具有的正义感，使人们只乐于支持和参加那种有合理目的的战争（假如没有正当的理由至少也应当找到适当的借口）。土耳其人对外发动战争，一个信手拈来的借口就是传播他们所信仰的宗教。罗马不断对外进行领土扩张，并以此作为他们的荣耀，但他们却从不以侵占领土作为战争理由。因此，就发动战争的理由而论，凡是志在强大的国家，首先，对于像本国的领土受到威胁，商人或使节遭受非礼等事端要敏感，且不可纵容太久，就都可以拿来作为借口。此外，同盟国所受到的侵犯或威胁，也可以用作开战的借口。罗马人就曾经这样做过。他们非常乐于援助那些曾与他们结盟的国家，并且从不让其他盟友有抢先的机会。但是对别国内部的党派争斗进行武力干涉，这绝对不能算正当的理由。例如罗马人为支援希腊殖民地独立，而对希腊人发动的战争；斯巴达人与雅典人为在希腊建立寡头政治或民主政治发动的战争等。

如果不经常运动，身体不可能健壮，国体则不可能强大。而无论对于君主国还是民主国，一次师出有名的体面的战争无疑就是最好的锻炼，但这不包括内战。内战如患病发热，是耗损元气的，而对外战争才是有益于国家强大的运动。长久惰懒的和平会使民气萎靡，民德腐败。为了准备这种运动，应当经常鼓励人民的尚武精神。此外，还应当保持一支强大的、随时可以投入战斗的常备军。西班牙人就是这样做的。他们那支训练有素的军队，常备不懈已有 120 年的历史了。

能否取得海上的霸权地位，是决定一个世界帝国能否建立的关键。西塞罗在写给亚提科斯的信中，论述庞培对恺撒作战的备战情况时写道：“庞培的政策就是当年雅典战胜波斯的战略，他懂得谁掌握了制海权，谁也就掌握了世界！”毫无疑问，如果不是由于庞培过于自信和轻敌而舍舟登陆的话，他一定可以击败恺撒的。关于海战的重大影响是众所周知的。亚克汀海之战决定了罗马第一帝国的归属。勒邦多海上之战导致了骄横的土耳其帝国的衰落。历史上许多次战争都是以陆战开始而以海战告终的。这是一个重要的教训：谁控制了海洋谁就能控制世界！至于内陆的霸权，局面总是有限的。就当今而论，在欧洲诸国中，大不列颠已赢得了海上的优势，一是因为大多数欧洲国家本不是纯粹的内陆国，而是临海较多。再就是因为要想得到东西印度的财富，唯有握着海上霸权才行。

与古代那些雄壮的战争相比，近代的战争黯然失色。这完全与现代那些荣誉勋章的泛滥戚戚相关。不管是不是军人，不做甄别就加授勋章。但是在古代就不同，国家更珍惜战争的荣誉。所以，在战场上刻石立碑，为烈士建纪念碑，授予英雄以统帅的桂冠，以英雄的名字命名，举行成套的凯旋仪式，给复员的战士慷慨的赏赐以及给伤残者优厚的抚恤等，这些明了而制度化的措施，恰到好处地激励鼓舞了全民族的尚武精神和斗志。当年罗马人最为重视的大事就是战争胜利后的凯旋仪式。举行这种仪式不仅是为了炫耀胜利，在而且还包含三重意义：把荣誉授予将帅；把战利品献交于国库；把赏赐颁发给士兵。

但是，这种尊荣不太适合君主制国家，除非率兵的将帅是君主本人，总不能只给统兵将帅发庆功衣服和勋章吧。

总之，如《圣经》所说，人的身高形态是天生的，人力不会将其改变一分一毫。但是国家就不同了，每个统治者都可以按照以上的论述，在国内推行适宜的政策，而改良风俗，加强国力，从而为后继者造就富强之势，然而这些事情一般不被人注意，只好听其自然了。

第三十章

谈养生之道

养生体现着人生智慧，这种说法虽不载于医籍，但以个人的观察力，能辨别什么能给身体带来好处，什么会伤害身体，是保持健康的绝佳药方。不过，相比较“这个对我无害，因此我要使用它”这种说法，“这对我无益，因此我应当戒除它”这种说法更稳妥。那是因为人在年少身强体壮之时往往放浪形骸，这笔欠账到老年是要偿还的。注意自己年龄的增长，不要想着自己还能做以前能做的事情，毕竟岁月不饶人。如果要改变饮食习惯，需要意识到别的习惯也要改变，以达到协调一致的状态。因为自然和政治都有着相似之处，改变整体比改变局部更安全。如果你发现你平日饮食、睡眠、运动、着装等习惯对你身体有害，你就应设法逐渐戒除。如果因此而感觉不适的话，不宜操之过急，你就应当恢复原来的习惯；因为很难把普遍认为有益于人的习惯和对个人有益、适合自己身体的习惯区分开来。

在吃饭、睡觉、运动的时候，保持心胸坦然、精神愉快，这是延年益寿的秘诀之一。说到内心的所感所思，应做到羡而不妒、恐而不惧、气而不愤、乐而不淫、哀而不伤。做到心存希望与愉快，而非过度狂欢；做到心存好奇与仰慕，以保持好奇之心；做到用光辉灿烂的事物填满自己的内心——譬如历史、寓言、自然研究。倘若身康体健之时完全摒弃药物，当你真正需要它的时候，身体会对药物难以适应。如果你平时药不离身，当疾病到来之时，它也不会有非凡疗效。我认为，与其常服药，不如注重应季饮食给身体带来的好处多、麻烦少。身体上有什么新的不适，不可小视，而应向医生寻求意见。生病时，多注意健康；健康时，多着眼于活动。因为平日里习惯于劳作的健康人有耐力，偶染微恙，只需注意饮食，稍加调养便可恢复健康。古罗马的医学家塞尔苏斯教人养生长寿之道，一个人应当体验截然不同的生活方式，但最终要养成对身体更加有益的喜好，禁食和饱餐均可尝试，应以饱餐为主；熬夜和早睡皆可体验，应以早睡为主；静坐与运动都应尝试，应以运动为主，诸如此类。塞尔苏斯既是医生也是哲人，若非如此，他是绝不会以一个医生的身份说这种话的。按他所说的办法做，不仅可以维护生理，而且可以增强体力。

有些医生喜欢迎合迁就病人，却不努力治病；有些人对医术循规蹈矩，不注重病人的实际情况。请医生还是请一位适中的，如果找不到一个二者兼备的，那就各请一位。不要忘记：不仅要请医术高超、声名远扬的医生，也要请对你的身体情况洞悉无遗的医生。

第三十一章
谈猜疑

猜疑之心犹如蝙蝠，总是在昏暗中飞行。猜疑之心应该克制，至少要加以节制，因为它蒙蔽心智、离间朋友、扰乱事务，使之无法顺利进行。猜疑使君主实行暴政，使丈夫心生忌意，使智者优柔寡断。猜疑不是身心懦弱，而是思想上的问题，即使最勇敢的人也会猜疑。英王亨利七世便是一例，世上没有人比他更果敢，也没有人比他更多疑。猜疑给他这样的人所带来的危害并不大，因为具有这种天性的人，凡事必经深思熟虑，不会贸然相信猜疑之事。但对于天生胆小之人，猜疑则滋长过快，过早把疑虑当成事实。猜疑的根源在于孤陋寡闻，因此，人们想要消除猜疑，应该多了解情况，免得猜疑在心里发酵。

人到底想要拥有什么呢？难道他们以为，他们任用和交往的人都是圣贤吗？难道他们以为，人应该杜绝为自己谋私心的做法吗？其

实，克服猜疑最好的方法，就是心里把猜疑的事情当作是真的，做最坏的准备，眼里将其视以为假，抱最好的希望。因为一个人对付猜疑，只有做好准备，即便他的猜疑确有其事，也不会对自己造成伤害。一个人心里的猜疑，不过如蜂鸣的嗡嗡之声令人不安。但若是出于刻意，借由旁人的闲言碎语钻进了脑袋，却会长出螫人的毒刺。毫无疑问，要在猜疑的丛林中找到清晰的道路，最好的办法便是与所疑之人开诚布公、坦诚相待。这样一来，就可以了解更多的真相，同时还能提醒对方小心，以免再让人抓住生疑的把柄。但是，这个方法并不适用于卑鄙小人，因为他们一旦发现自己被怀疑，就再也不会忠诚老实了。意大利人常说："猜疑是信任的放行证"，就好像有了猜疑，就有了合情合理的不用忠心耿耿的借口。然而，猜疑本当点燃忠诚，以便消灭自身。

第三十二章

谈辞令

在讲话的时候，有些人只想通过风趣、能言善辩来博得别人的称赞，而不希望别人评价他能明辨是非。似乎真正有价值的是言辞的形式、而非内涵。有些人对某种陈词滥调津津乐道，侃侃而谈，尽情发挥，但内容空洞、索然无味，一经识破，就难免成为笑柄。真正精于谈话艺术的人，能择机而语，适可而止，并能轻松切换话题，犹如舞台上的领舞一般，成为话语的焦点，引领话题的方向。谈话要想收到良好效果，不妨做到内容丰富、方式融通，比如增加讨论、引入轶闻，提出问题并表达见解，夹叙夹议，庄谐并用。因为，单调无聊的谈话会令人生厌。至于说诙谐的话，要注意不可涉及一些话题，如宗教、国事、伟人，决不能在话题中加以取笑，他人若有要务在身或有令人同情的苦楚，也不宜随意调侃。在有的人看来，如果说话不够尖酸刻薄，便不足以显示自己聪明，其实这种说话风格应该加以节制。

正如古罗马诗人奥维德所言："孩子，多拉缰绳，少抽鞭子。"

一般来说，人需要懂得拿捏说话的分寸。喜欢挖苦讽刺，别人会畏惧他的言辞犀利，但他也应该担心别人会反唇相讥。谈话中善于提问，必能获益良多，也能取悦于人，尤其是所提问题又恰是被问者所擅长的话题时。提问也给彼此创造了交谈的机会。但提问应当掌握好分寸，以免使被问者难堪，觉得是在被审问一样。确保在座的每个人都发表意见的机会，遇到有人说起来一发不可收拾的情况，你应当设法将话题转移。正如在台上一直跳舞，一曲高歌可以调节气氛。如果别人认为你对自己所了解的话题隐而不言，那么当你下次遇到不懂的话题保持沉默时，人们就会认为你知道却故意不说。涉及自己的话题应少讲、选择要得当。我有个朋友，他总会鄙夷那些自吹自擂的人，说：“他真聪明，因为他居然对自己了如指掌。”这不过是说话者优雅地夸奖自己而不失体面的一种方式，也就是夸赞别人的优点或者贬低别人的缺点来衬托自己的优点。伤及他人的话要少说。谈话的范围应像原野一样广泛，不能自顾自说。我认识两位英格兰西部的贵族朋友。一位挖苦他人成癖，但却好宴请四方。另一位便会询问那些参加过他家宴会的人，“请您坦言，席上可曾被嘲讽？”宾客答道：“事已如此，不说也罢。”这位贵族会说：“我早猜到，他那张嘴能毁了一场晚宴。”慎言胜于雄辩。能与他人愉快交谈是最重要的，不在于话有多好听，或者是有没有条理。滔滔不绝而不善于问答，则显得迟钝；擅长应答而言辞不当，则显得肤浅、无力。这就如我们在动物界所见的一样，不善奔跑的动物就更能机敏地转身，例子便是灵狐与野兔的对比。谈论正题之前，铺陈过多让人厌倦，而毫无铺垫，则显得生硬唐突。

第三十三章

谈殖民

殖民一事是古代英雄的开创之举。世界年轻的时候，可以养育众多的子女，如今老了，能养育的子女自然就少了。我把新开拓的殖民地看作原来的国家的孩子是有充分理由的。我认为殖民地最好建立在未开发过的处女地上。因为那些地方不用拔出旧民、再植入新民，否则就是灭民而不是殖民了。培植新国家犹如植树造林一样，要先赔后赚，20 年后才能有收益。殖民初期，见利忘义，急功近利，是许多殖民地失败的原因。当然，如果能够兼顾殖民地的长远利益与眼前利益，那是再好不过的。

送去殖民地的人往往是本土的罪犯或社会渣滓，实属可耻不祥之举，这对于殖民地也是具有破坏性的。因为这些人将继续过着曾经的败类生活，不务正业、游手好闲、消耗粮食，并且很快心生厌倦，还会向故土散播诋毁殖民地的传闻。移民应当选拔那些有专长的人，例如园艺师、农夫、工人、铁匠、渔夫、猎人，还应当有医生、厨师等。在待开垦的土地上进行考察，看看这块土地上出产什么可以采集的天然食物，充分利用各类天然资源，如栗子、核桃、菠萝、橄榄、枣子、樱桃、草莓、蜂蜜等。再选种一些生长迅速、短期内可成熟收获的品种，如萝卜、胡萝卜、芜菁、姜、玉米之类。至于小麦、大麦、燕麦，它们太费工。不过你倒可以先种种豌豆、大豆，这两种东西费工较少，既可以作为主食，也可以作为副食。稻米的收成亦属可观，同样可以充当副食。最重要的事情则是多准备饼干、面粉等食物，是非常必要的，以便维持初期的生计，直到可以生产主食为止。至于牲畜和禽类，要选择那种繁殖快而又不易生病的，如猪、山羊、鸡、鸭、鹅之类。

殖民初期的食物供应，应当学战争中被围困城池的做法，实行严格的定量配给制度。在分配土地时，把种植蔬菜和谷类的大部分土地划为公田，把产物储进公共的谷仓再进行统一分配。另外，还可以把小块的土地分给个人去耕种。要开发殖民地的经济作物，换取额外补给，以备殖民地的不时之需，只要它不像已经说过的那样过早地损害主业就行，例如弗吉尼亚所经营的烟草。在殖民地的很多地方森林资源丰富，木材便是可以开发利用的经济作物之一。如果能找到铁矿，并且还有可以依傍建厂的河流，炼铁便是一种非常不错的选择。此外，在气候适宜的海岸，可以制造海盐。要是有木棉，那倒是一种很有前途的产品。在冷杉松树多的地方，就会产丰富的树脂和松柏油。同样，药材、香木这一类的东西，只要产量大，利润就会可观，还有用来制作肥皂的天然碱等物品，只要善于开发，都可以获利。这些固然都有利可图，但在殖民初期，却不可在矿产开采上投放过多的人力，这往往会导致移民懒于从事其他行业。

说到殖民地的管理，应当把权力交给一人总揽，但一定要有一个团队辅他左右，让他们掌握有限实施军事管制的权力。最重要的是，让人们觉得身居荒野，眼盯上帝，为上帝服务，便利在其中。殖民地的管理不可依赖殖民国过多的顾问或承办人，这些人的数量要适中，可以从贵族、名流中选拔担任，最好不要用商人，因为商人大都重视眼前之利。对殖民地要免关税以壮大殖民事业，并且鼓励出口以获取最大利润。切不可往殖民地无节制地移民，要注意他们耗损的情况，适当进行补充。殖民地的人数应当以他们能够安居乐业为宜，不能因人口过多造成生活贫困。

殖民地建在海滨河岸，虽然一开始避免了运输不便的问题，但长久来看对人的健康不利。为长久之计，最好建立在离河远一些的高地上。同样为殖民地居民健康考虑，还要储备充足的食盐，不仅是用来保存食品，也有利于健康。若是在土著人居住的地方殖民，不能光拿小恩小惠和廉价饰物来哄骗他们，应待之以公道与善意，同时也须保持充分的警惕。不要帮他们主动攻打外敌，但当他们受到外敌攻击时，帮助他们自卫是义不容辞的。还可以选派一些土著人到殖民者的故国参观，使他们开扩眼界，了解更好的生活方式。待殖民地强大以后，不仅可以移民男子，还可以移民妇女，使她们在殖民地代代繁衍。殖民地一旦起步，将它抛弃是一件伤天害理的事情，这不仅是一个耻辱，而且还欠下了许多可怜人的血债。

第三十四章
谈财富

财富是美德的包袱，我觉得这样说是最合适不过的比喻了。罗马人的词汇更绝，impedimenta，这个词也可指辎重、行李，因为财富对于美德而言，就像辎重对于军队一样，辎重对于军队是不可缺少的，但也是累赘，会阻碍行军打仗，甚至有时军队为了保护它而打败仗或是让它搅乱了战局。事实上，过多的财富也没有真正的用处。钱财是用来花销流通的，过多就成了让人夸耀自负的筹码。因此，所罗门说：“多财必诱多人设法去消费，而于其主人，无非徒饱眼福，又有何用？”一个人的财富在达到某种程度后，就无法感受到由衷的喜悦了。财富可以储藏起来，可以施舍或者赠送，也可以用它博得个有钱人的名声。但对于拥有财富的人来说，这些财产没有什么实在的用处。不是有人挥霍巨资只为买一块小石头或者所谓的稀有之物吗？不是有人为了显示巨额的财富而搞了多么夸张的排场吗？也许有人会说，财富可以用来上下打点疏通关系，救人于危难。而所罗门却说："在富人的想象中，财富是一座堡垒，坚不可摧。"这话说得妙。的确，这只是存在于想象中，事实并非如此。因为的的确确，遭到巨额财富出卖的人多，靠它买来出路的人却少。不要总想着炫富，财富应求得正当，用得慎重，生有施予之乐，死有遗赠之慰。然而也不必像一个遁世离俗的人，视金钱如粪土。西塞罗对于拉比尤·波斯图穆斯有精辟的评述："他追求财富，但不是为了满足私欲，而是要得到行善的工具。"因此，要加以区分。还应该听从所罗门的告诫："想发横财者必行不义之举。"因此，切不可梦想着一夜暴富。史诗的神话里说，当财神普路托斯接受朱庇特的派遣时，步履蹒跚，行走迟缓；但是在接受了冥王普鲁托的派遣的时候，却跑得飞快。这个故事的意思是通过正当手段，勤劳致富，不可能一蹴而就。只有以别人的死亡为代价所得到的财富（比如继承遗赠之类的途径）才会像天上掉馅饼一样砸在人头上。如果把故事中的普鲁托看成魔鬼，这个故事也讲得极为恰当。财富来自于魔鬼（如靠欺诈、压榨或其他不正当的魔鬼手段），那一定来得快。致富的办法有很多，而大多数是卑劣的。吝啬是最好的一种，然而并非完美无缺，因为吝啬之人必不肯舍富济贫。最自然的致富之道是耕种土地，这是大地母亲的庇佑与恩泽，但只靠种地致富就太慢了。如果有钱人愿意低下头着眼于大地，投资在农牧矿产上，财富就可以迅速增值。我认识的一位英国贵族，他是当今最富有的人，因为他自己是大草原、大牧场、大森林、大煤矿、大铝矿、大铁矿和许多其他诸如此类产业的主人。对于他而言，大地就仿佛是一条永不枯竭的财富之源。

有人说，小钱难赚，挣大钱却容易，这也不无道理。拥有雄厚资本的人，不受市场价格波动的影响，能做常人无钱经营的买卖，并且眼光长远肯与年轻人合伙做事，他的财富不可能不增值。普通人不管是做生意还是从事普通职业，只能规规矩矩赚钱，一要靠勤劳，二要靠诚信公平不欺客的声望。依靠奸诈手段得来的财富是肮脏的，如乘人之危哄抬价格，施诡计靠贿赂破坏公平竞争，不按质论价，低买高卖等，都属于卑劣的行径。高利贷是牟取暴利的捷径之一，但也是一种最卑劣的方法，因为这样得来的财富是堆积在别人血汗之上的，致使这些人终年劳作不得休息。但是放债者同时也冒着陷入中间人圈套的危险，因为职员、掮客为了自身的利益，会想方设法把钱借给很不可靠的人。优先拥有某项技术或发明并抓住机遇，有时能使人暴富，例如加那利群岛上的第一个糖业老板就是这样。因此，一个逻辑清晰思维缜密又有发明才智的人，再顺应天时，就能做大事发大财。靠固定收入很难致富，而轻率地拿全部身家性命去做投机生意的人，往往要冒倾家荡产的危险。最好是有一份稳定的收入，再去大胆探索；这样即便失败了，也会有退路。取得专利或垄断权，也是一种很好的致富之术，尤其是对垄断品在市场上的大量需求有预见性从而进行大量购存时。通过报效国家得来的财富固然最为光彩，但是如果靠着阿谀奉承、卑躬屈膝，那就算不得高尚了。还有为谋取遗产或者遗产监理权而参与阴谋，就像塔西佗对塞内加的指责那样："他大肆攫取监护权和（无嗣者的）遗嘱，好似张网捕鱼。"这是极其卑鄙的小人所为。不要相信那些自称蔑视钱财的人。他们之所以如此，也许只是因为他们没有财富。这种人一旦拥有了钱财，恐怕没有人能比他们更爱财如命了。不要吝惜小钱，钱财是有翅膀的，有时它自己会飞，有时你必须将它放飞，如此才能招来更多的钱财。

钱财可以遗留给后人，也可以留给社会，但数量应当适中。给子女留一份大家业，如果子女因年少无知守不住这份家业的话，那么就会招来许多图谋不轨的人。同样，为了虚荣而进行大笔捐款、设立基金等，就像不撒盐的祭牲，不会保存得太久，还有可能变成一座粉饰过的坟墓，光有好看的外表而内里很快腐烂。因此，衡量捐款不要以数量为标准，适可而止。遗产的馈赠，不要等到死后，因为据理言之，身后布施绝非出于自家口袋，乃是慷他人之慨。

第三十五章
谈预言

我在此处所讲的预言既不是神谕，也不是异教的妄言，更不是自然的征兆，而是那些看似有根有据、却由来不明的所谓的预言。女巫给扫罗的预言说："明天你和你的子民将随我而去。" 荷马撰写的以下诗句："埃涅阿斯的族人，必将统治一切土地，子子孙孙世代承袭。" 这似乎预言了罗马帝国的兴起。悲剧作家塞涅卡写过如下的预言："后世的世界不再是汪洋一片，广袤的陆地显现。提菲斯将发现新世界，图勒不再是极北之国。" 这好像是对于后来发现美洲新大陆的一种预言。波利克拉特斯的女儿梦见朱庇特为她父亲洗澡，阿波罗给她父亲身上涂油。不久波利克拉特斯果然被钉在露天的十字架上，日晒雨淋，遍体流汗。马其顿王腓力普梦见妻子的肚子被封了起来，起初他还认为是妻子不能生育的预兆，但是预言家却告诉他妻子怀孕了，因为人们一般不会对空瓶罐封口的。一个鬼影出现在布鲁图的帐中对他说:“你在菲利彼还会遇见我的。”提比略曾对加尔巴预言说:“加尔巴,你迟早会尝到帝国的滋味。”在维斯帕先时代,东方流传过一种预言,说世界将会由起家于犹太地方的人主宰。虽然这个预言指的是我们的救世主,但是当时元老塔西佗以为是指维斯帕先的。

罗马皇帝图密善在被刺前夕,曾梦见自己脖子上长出了一个金头,果不其然,他的继承人开辟了一个历史上的黄金时代。英王亨利六世曾对一个给他送水的小厮预言:“这个孩子将来会得到我们如今正在争夺的王冠。”结果他就是亨利七世。我在法国时曾从一名叫佩纳的医生那儿听到一个故事,说笃信术数的王太后曾派人以假名替先王(也就是她的夫君)算命,算命者预言这个人将会在决斗中丧生。王太后一笑置之,她认为不会有人向国王挑战。然而她的夫君就是在马上对枪比武时死的,因为蒙哥马利枪柄上的裂片钻进了他头盔的面罩。在我幼年时,也就是伊丽莎白女王年轻的时代,曾有一个流行颇广的预言,说:“当麻织成线,英格兰就完蛋。”把英国几位历代君主名字的头一个字母排列起来,即亨利七世 Henry、爱德华六世 Edward、玛丽一世 Mary、菲力普二世 Philip 和伊丽莎白一世 Elizabeth,就有了预言中的“麻(hempe)”这个词,人们认为,这预言似乎是说,等到这几位君主的朝代过后,英国就要天下大乱了。感谢上帝,这个预言并没有实现。但它却在英国的国名上应验了。因为我们当今君主的尊号已不是“英格兰”而是“大不列颠”了。在 1588 年以前,还流行过一个预言,至今我也不太懂它的意思:“有一天，在巴礁与海岛之间，将看见，挪威的黑色无敌舰。它走之后，英国便大兴土木，因为战争之后会一无所有。”普遍认为，这个预言指的是 1588 年来犯西班牙舰队，因为西班牙国王的姓氏恰好是挪威。君山先生的预言：“八八年（1588），一个奇异之年。”恐怕也是针对西班牙舰队的。这个舰队，即使不算有史以来最庞大的，也是武力最强的。至于克利昂的梦，看起来就是个玩笑，梦见自己被一条龙吞噬了。后来解释说那条龙就是个腊肠贩子，曾在背地里给他捣乱。类似的事不胜枚举。如果把梦兆和占星术方面的预言都算在内的话就更多了。但我认为，这些预言并不值得重视，它们只是围炉夜谈的好话题。我说不值得重视，是说它们无凭无据，不足为信。但另一方面，广泛流传这种谣言的行为却不应当忽视，因为谣言四起曾在历史上酿成过许多祸乱。因此，许多国家制定了严厉的法律禁止散布谣言。人们之所以乐于传布和相信这种预言，有三种原因：一是人们只注意某种预言的应验，而不去理会它们的不应验，对于梦兆也是如此。二是预言的内容大多模棱两可，给了人们各种推测和解释的余地。正如像前面所谈的塞涅卡的诗句那样，其实当时人们都已明了，在大西洋以西可能还会有很大地方，而这些地方不一定是一片汪洋。再加上柏拉图在《蒂迈欧篇》和《亚特兰蒂斯篇》两部著作中提到的那个“未知领域”的传说，足以鼓励人把这种说法解释成一种预言。第三，也是最重要的一点，这类预言绝大多数都是假的，是由一些穷极无聊的人在事后编造出来的。

第三十六章

谈野心

野心就像胆汁，这是一种使人活跃、认真、敏捷、好动的液体，前提是如果它不受阻的话。如果它一旦受阻，不能自由流动，它就变得狂躁，进而变得恶毒了。因此，有野心的人，如果他们觉得自己升迁有望，并且前进的路上一切顺利，他们就会不辞劳苦地奔波，不会造成任何危险。但是，如果他们的欲望受到阻碍，他们就会心怀积愤，用凶狠的眼光看待周围的人和事，会在旁人受挫中幸灾乐祸。这是为臣为仆者最恶劣的品质。因此，要想使用有野心的人，最好懂得巧妙的驭人之术，使他们不断前行，不因受阻而后退。如果觉得这点很难做到，那就最好不要使用他们。否则，一旦事与愿违，这种人就有可能把自己及其所承担的事业一同毁掉。虽然我们说过，除非迫不得已，最好不要用有野心的人，但在有些情况下却又不得不依靠这种人。就像在战争中必须任用良将，那么野心就不是重点考虑的因素了，因为不想当将军的士兵不是好士兵，而使用一个没有野心的军人就等于拔掉了刺激他的马刺。有野心的人还有一大用处，就是在君王危难和遭人嫉妒时可以作为君王的屏障，救君王于水火，还可以当作打压势力的工具。因为没有人愿意充当这种角色，只有他像只缝合了眼皮的鸽子，越飞越高，因为他看不见周围的情况。还可以利用有野心的人把权高盖主的人拉下马。所以提比略就曾用有野心的马克罗去颠覆他的政敌塞扬努斯。我们再来谈谈对野心家的驾驭之术，以便减少他们的危险。由于各种原因，不同类型的野心家的危险程度也不尽相同。出身卑贱者比出身名门世家者危险小；直率粗鲁者比隐忍韬晦者危险小；暴发户比苦心经营者危害小。君主控制野心家可以通过宠用新的野心家来抗衡已有的野心家，但是这种办法只能在特定的情况下使用，那就是朝廷中还有一批立场公正的大臣，能够超然于党争之上。这些大臣就好比船上的镇舱之物，可以防止船只由于波涛太大而倾覆。最低限度，君王也应当大力扶植一些野心较小的人，用他们来鞭策野心勃勃的臣子。至于以覆亡相威胁的恫吓手段，也许能镇住性格怯懦者，但对于性格刚毅者，非但不能奏效，反而还可能会激生变乱。对于这种人，为君者应该恩威并施，做到赏罚分明，长此以往，他们便心里没底，如堕五里雾中。那种专注于一项事业的野心比凡事都想抢占先机的野心要好些，务实者的野心要比权谋者的野心要好些，有竞争意识专挑硬骨头啃的野心，对社会可能还会有些益处。至于那种想把别人的一切都抹成零，只允许自己成为一大串零中唯一数字的野心家，才是最狠毒最可怕的。一个有心爬上高位的人，可能怀有三种动机：第一做有益于社会的事业；第二是获得权势；第三是取得财富。怀有第一种抱负的人，是谦谦君子。能识别这种动机的君王，是伟大而贤明的。所以君主在选择臣子的时候，应当重用那种把责任看得比权位更重要的人，并且要善于辨别远大济世的抱负与自私自利的野心。

第三十七章
谈宫廷表演

与本书其他论题相比，这个问题有点儿不严肃。但对于君主们来说，这种玩意儿却似乎不可缺少。因此，也就值得讨论一下，如何使宫廷表演趣味高雅而又不浮夸铺张。踏歌起舞是一件美妙又很有乐趣的事。根据我的见解，歌要合唱，要高雅，要有伴奏，唱词要适合剧情，边唱边做动作，尤其在对话的时候，那才是非常优美的。不过我这里说的是演戏，不是纯粹的跳舞，纯粹的舞蹈难免庸俗。对白时声音要强健、浑厚的低音和次中音，而不用最高音；曲调应当高亢苍凉，而不应该过于细致绚丽；几支合唱队，位置错开，像唱圣诗那样，声音此起彼伏，这样就会给人愉悦的感觉。跳各种花样舞蹈很幼稚，只满足了人的好奇心而已。请大家注意的是，我这里说的是让人自然感觉美好的事物，不是不尊重那些令人惊叹的技巧。舞台布景的变化以安静无噪声为好，但是，布景富于变化的确是很美而且很能引起观众的兴趣，因为这些变化是很养眼的，以免出现审美疲劳，而且还要布置绚丽多彩的灯光。台上的演员要用动作吸引观众去关注舞台上的亮点。歌声要嘹亮欢快，而不应当呜咽凝重。同样，音乐伴奏也应当准确响亮。烛光映照之下，白色、粉色和海绿色最为美丽，服装上可以配金属饰扣，省钱还熠熠生辉。而价高又显富贵的刺绣，在烛光下是不显眼的，用了也是白费。演员的服装裁剪要美，还要合身自然，不要别出心裁，不要穿土耳其装、军装、水手装之类的奇装异服。

剧中的滑稽戏份不应当太长。滑稽戏的题材通常是关于弄臣、呆子、怪物、野人、小丑、野兽、精灵、巫婆、黑人、侏儒、土耳其矮子、山林仙女、村夫、丘比特和活动雕像，如此等等。把天使放在滑稽戏里，庄谐混搭，就不伦不类了。而另一方面，丑恶可恨的东西，如魔鬼、巨人等，也不适合在滑稽戏里演。有一点很重要，就是表现滑稽戏里这些题材的音乐应该轻松而且具有一些奇特的变化才好。就像伴随着热气飘来的丝丝香甜的气味，却又不见水珠滴落，那种玄妙给人的是新鲜而愉快的感觉。假面舞会为绅士淑女分别安排表演专场，更多了一些神秘和变化，但是进行表演的房屋若不保持干净整齐，就什么都不好了。

关于骑马斗矛、演武大会和徒步比武等各类游戏，闪亮的时刻是在开幕入场的战车上，尤其是由狮子、熊、骆驼等拉车时，更是无比荣耀。这种光辉有时靠入场时的排场，有时靠比赛队伍所彰显的勇敢，也有靠着坐骑铠甲装饰光鲜的。但是关于这些玩物我们说得已经够了。以上所说就是一些玩耍娱乐，已经谈得够细了。

第三十八章

谈人的本性

人的本性往往深藏不露，有时可以将它压服，但不可能被泯灭。即使勉强压制，也只会越压越强。但是习惯却能改变和制约本性。凡是想彻底改变自己本性的人，不要给自己设定过高或过低的工作目标，目标过高会因为常常失败而灰心；而目标过低，虽然常常成功，但是总不见进步。在刚开始练习的时候不妨用些辅助措施，就像学游泳的人借助气囊或苇筏一样。但是经过一段时间的辅助训练以后，就应该加大难度，或者在不利的条件下练习，就好比学跳舞的人穿上厚底鞋练习一样。因为训练的强度若是大于日常应用，必能练就无懈可击的本事。本性若是根深蒂固，不易战而胜之，便须采用循序渐进的策略：首先，要及时地约束，就好像发现自己要生气了，就赶紧暗念26个字母来平息怒气的一样。接着，在量上逐渐减少，比如要戒酒的人，从开怀对饮到一餐浅酌，慢慢地才能完全戒掉。但是如果有很强的毅力和决心，能够自己一下子摆脱，那是最好的，正如“若能打破心间桎梏，一举摆脱痛苦，便可成为自己心灵的最大救主。”矫枉必须过正，这句古训不错，就好比把一根歪棍子扳到另一个极端，在它弹回来的时候就直了。不过必须要注意的是，此处所说的另一极端不是恶习才行。一个人不应当一鼓作气地硬要让自己养成一种习惯，而应当有所间断暂停。因为，暂停也是一种新的开始。另一方面，如果整个练习过程不是完全正确的话，不仅能力得到了训练，错误也一并训练了，也就养成了一种既有优点又有缺点的习惯。这种情形，唯一的补救办法就是适当的中断练习。人不能过于相信自己已经彻底改变了自己的本性，因为人的本性多数情况下是深藏不露的，在合适的时候或诱因下才又显露出来。正所谓“江山易改本性难移”，就像《伊索寓言》中由猫变成的女子一样，她可以端端正正地坐在餐桌前，可是当一只小老鼠从她面前跑过时，她就露出了猫的本性。因此，想要不被触动，要么完全躲开这种机会，要么常常接触这种机会。人的本性在私底下最易被察觉，因为那是最真实的环境。在冲动中也最易显露，因为冲动会让人忘乎所以。在做一件从未做过的事情或者进行一种新的尝试时也最容易被察觉，因为在这种情况下是没有惯例可循的。本性与所从事的职业契合的人是幸福的。相反，有些人从事着自己不愿意做的事业，可以说是“灵魂与本性不合之事长久周旋”。在学习上，勉强学一门与自己本性不适合学的学科，要花很多时间去掌握。但是，学了自己愿意学又适合学的学科，那就不用花费很多时间，因为，只要有时间和空闲，心思会自动地朝着那方面用。一个人的本性要么长成有用的香草，要么就长成毫无用处的野草，所以，应当适时给前者灌溉，将后者铲除。

第三十九章

谈习惯与教育

人的思想大多取决于他的愿望，人的言谈则取决于他的学问和见识，而人的行为却取决于他平日的习惯。所以，权谋政治家马基雅弗利说得很好（虽然这出自他所举的一个主张邪恶的例子），“坚强的性格和嘴上的勇敢，都是靠不住的，除非它们得到了习惯的佐证”。他说这话是为了完成一件险恶的刺杀阴谋，就是说不要相信一个人天生有多勇猛、说得有多勇敢，而应当用曾经杀过人、手上沾着血的人。马基雅弗利不知道修士克莱门，也不知道谋杀过亨利四世的哈维雅克，更不知道谋杀犯约赫吉和巴尔塔萨尔·杰哈德，然而他有一条坚定不移的准则，那就是，习惯的强大。现在迷信盛行，以致初次杀人的人也会眼不眨心不动，简直就是一个专业屠夫。明誓者的决心甚至在喋血这种事情上也被搞得跟习惯势均力敌了。迷信之外，任何事情都难以战胜习惯，尽管一个人可以诅咒、发誓、保证、夸口，但是最终还是很难改变一种习惯。好像习惯可以把一个人变成机器，任由习惯摆布。习惯势力的强大，真的是不可思议。

我们也能看到习惯的统治或独裁到底是怎么一种情况。印度人（其中的一个教派）为了殉教会自愿安静地躺在一堆柴上，用火自焚。不仅如此，印度人还有妻子殉夫自焚的。古代的斯巴达青年经常要一动不动地跪在狄安娜神坛上承受笞刑。我还记得在伊丽莎白女王初期，有一个被判绞刑的爱尔兰叛党向爱尔兰总督请愿，请求用柳条而不是用绳索把他勒死，原因是对以前的叛党用的都是柳条。俄国的苦修僧人会在水盆里坐上一夜，直到被坚冰冻住为止。

习惯对人的精神和肉体的控制力很强，这样的例子不胜枚举。既然习惯主宰着人生，人们就应当努力养成好的习惯。当然了，最完美的是在幼年时形成好的习惯，这就是教育。教育是一种从早年就开始的习惯。因此，我们常发现，小时候学语言比长大了学语言，舌头要灵活，能学会一切语法和发音。各种技艺动作的学习也是如此，小时候四肢柔软、关节灵活、屈伸自如，而成年以后掌握动作就比较困难。说真的，学习晚的人不可能那么倾心投入，除非有些人思想尚未僵化，能随时不断地修正自身，不过这种情况是极少见的。一个人的一个小习惯就如此顽强，那么集体的习惯更是强大。因为在一个集体里，榜样言传身教，同伴互相慰藉，竞争使气焰更胜，荣耀使人更得意，所以在这种地方，习惯的力量可以说是达到了顶峰。一个具有良好风气和秩序的社会才会弘扬美德。一个好的国家和政府确实可以滋养已有的美德，但绝对不可能播下美德的种子。可悲的是，今时今日，最为有效的工具都在服务于最不可取的目的。

第四十章

谈运气

毋庸置疑，外界偶然因素对运气影响很大，如偏爱、机会、他人的死亡、恰逢时机的优点等，但一个人幸运与否大都掌握在自己手里。正如诗中所说“每个人都是自己命运的主宰”。最常见的外界因素是，一个人的失误便是另一个人的运气。因为没有比利用他人失误而一举成功更便利的了，“蛇不吃蛇就不能变成龙”。显而易见的优点得人赞扬，而隐藏的优点则带给人运气。某些自我表现的方式是没有命名的，西班牙人称之为“disemboltura”（意为“自信而从容”）一定程度上表达了其意义。当一个人的天性中没有障碍，而思想的车轮又与运气的车轮并行不悖的时候，disemboltura 就表达了那些方式的一部分含义。李维曾这样描述老加图：“他身体健壮，精神强大，不论生在怎样的家庭，都会有运气相伴。”接着却指出，此人“天生擅长适应时势”。因此，如果一个人敏锐而用心观察，他就会被幸运女神眷顾，因为尽管幸运女神是看不见摸不着的，然而并不是不存在的。运气就像天上的银河，他们是一个群体或者说是一系列数不清的小星星组成的，不是割裂开的，而是一起发光。同样，有无数小到几乎微不足道的优点，倒不如说是能力和习惯综合到一起才使得一个人拥有了好运气。很少有人想到这些，但是意大利人注意到了。当他们说一个人不会犯错时，他们会加入一些其他条件，比如他“有点傻”，当然没有比有点傻和太老实更让人幸运的了。因此，极端的爱国主义者、忠仆是绝不会幸运的，他们也不可能幸运，因为当一个人的想法脱离了自身，他走的就不是自己的路。突如其来的幸运造就投机家，（法国人将这种人称之为“entreprenant”或“remuant”），而历练后得来的幸运造就有能力的人。幸运之神受人尊崇，因为他有两个幸运之子，自信和声誉。自信生于自我的心中，声誉生于追求它的人心中。聪明的人为了避免别人对他们拥有的优点的嫉妒，常常将这些归于天意和幸运，这样他们就可以更安心地拥有这些优点了。而且，得到幸运庇护的人更显伟大。所以恺撒在狂风恶浪之中告诉船家：“你载的是恺撒，还有他的幸运。”苏拉不自称“伟大”，而只称“幸运”。人们注意到，那些公然将成就归功于自己的聪明才智的人多以不幸告终。据记载，雅典人提谟修斯在向国家政府报告政绩时，经常提到“这与运气无关”，后来执政再没有成功。当然有些人的运气就如荷马史诗般，比其他人得来顺利又容易。普鲁塔克谈及提摩勒翁的幸运并把它与阿格西劳斯和伊巴密浓达的幸运相比时说过这样的话：毋庸置疑，运气主要取决于自己。

第四十一章

谈放债

许多人曾诙谐地抨击放债，他们说，可惜呀，魔鬼把上帝应得的一份，也就是十分之一，拿走了。还说放债者是破坏安息日的人，因为他们的犁每个礼拜天还在犁地。又说放债者是维吉尔所说的雄蜂：懒惰的雄峰被逐出蜂房。他们认为，放债者破坏了人类堕落以来的第一条法则，即“你必须汗流浃背才得以糊口”而不是靠别人汗流浃背。又说放债者应该戴橘黄色的帽子，因为他们太犹太化了。又说让钱生钱是违背自然规律的，诸如此类，不一而足。在我看来，放债者是“因为人心冷酷而做出的让步”，因为既然必须有借贷，而人心太冷酷，又不肯白白把钱借给人，那么放债就必须被允许了。有些人对银行、私人财产呈报和其他手段提出过质疑和建议，但对放债没有给出有用的评判。

我们还是将放债的利弊明确摆在面前为好，以便趋利避害。放债的弊端在于，第一，放债导致商人的人数减少，因为放债这种坐收渔利的贸易形式让大部分本该流通在商业中的资金闲置不动，而商业正是一国财富的脉门。第二，放贷使商人不思进取，因为如果一个农民可以坐享丰厚地租，他就不会认真耕种土地，如果一个商人可以坐拥高额利息，他也不会去辛苦经营他的买卖。第三，国家税收减少，这一点是前两点的必然结果，因为商业的兴衰直接影响着国家税收。第四，放债使得国家的财富流入少数人手中，因为放债者旱涝保收，而其他人则盈亏不定，最终大部分资金将集中在少数人手中，而一个国家只有在钱财分布比较平均时，才会繁荣富强。第五，放债使地价贬值，因为金钱的主要利用方式不是经商就是买地，但放债阻截了这两种形式。第六，放债放缓了工业、创造和革新的步伐，如果将资金用在这些领域，金钱的作用更大。最后一点，放债摧毁了许多人的产业，在这个进程中，会造成大众的贫困。

从另外的角度看，放债也有其有利的方面：第一，虽然放债在有些方面阻碍了商业的发展，但在另外一些方面也有促进作用。因为我们知道，大部

人贸易是年轻商人靠有息贷款发展起来的，因此如果放债者收回贷款或拒绝发放贷款，贸易将无法继续进行。第二，如果没有这种简单的借贷形式，人们的生存需求可能会让他们立刻陷入困境。因为他们可能迫不得已要变卖资产（土地或物品），生活举步维艰。所以，尽管放债会吞噬他们的财产，而残酷的市场可能会完全吞没他们。至于抵押和典当，基本上于事无补，因为人们拒不接受没用的典当物品，假如接受了，也盼着将典当物品占为己有。我记得一位冷酷的富人说过："让放债见鬼去吧，它使我们不能占有抵押的财物和票据。"第三，也是最后一点，想要无息贷款必然是空想。如果借贷被限制，将会引起无数不便。因此说要废除放债只不过是一句空话，每个国家都有不同形式，不同利率的放债，因此，这种废止的论调只能去乌托邦实现了。

现在谈谈放债的革新和管理，如何趋利避害。根据以上分析，要权衡放债的利弊，要进行以下两点调整：一要磨一磨放债的牙齿，不要咬得太多。二要打开一种渠道，让有钱人借钱给商人，以维持和促进贸易。除非实行低利率和高利率两种放债方式，否则这一点很难实现，因为如果降低放债利率，只会便利一般的借债人，商人反而不容易借到钱了。值得注意的是，经商是最有利可图的，商人往往能够承担高利率借债，而别的行业则另当别论了。

为此可以设立两类不同利率的贷款，一类常规的提供给大众，另外一类经过特许只发放给特定的人和特定的商业地区。因此，第一，常规贷款利率降低至百分之五，并通告这种利率是自由流通的，国家也不允许对这种贷款收罚金。这样将可以保护借贷，不致全面停止或枯竭，这将会方便一大批借款人，也会提高地价，因为以相当于十六年租金的价格购买的土地将会产生百分之六也许更高的收益，而这种利率仅仅是百分之五。同样，这样还会不断鼓励和推进有益的改良，因为许多人宁愿在这方面去冒险也不愿意只拿百分之五的利率，尤其是已经习惯于收高利率的那些人。第二，特许一些人以高利率放债给知名商人，并且需要注意：即使是只对商人来说，利率也不要高于往常的商业利率，因为那样所有的借款人，不论商人还是其他人都可以从这种革新中获得好处。不允许银行和公共资金放债，只是让个人支配自己的钱，并不是我讨厌银行，而是它们的一些做法让人难以忍受，让人生疑。国家要对特许证收取小部分费用，剩余部分给放款人。如果扣减的少，就不会让放债者感到气馁，比如，之前收取百分之十或百分之九利息的人宁可降低至百分之八，也不会放弃他的放债贸易，不肯抛下稳定的收入去冒险。人数上不限制特许放债人的数量，但在地域上要限制在几个主要商业城市和城镇中，因为这样他们就很难吸收别的地区的钱，如此特许百分之九利率的将不会吸走流通的百分之五利率的那部分钱，因为没人会将自己的钱交给遥远的陌生人。

如果有人反对，认为以前只是某些地方允许放债，现在是某种程度将放债合法化了，我的回答是，以公开认可的方式节制放债，胜过以默许的方法任它肆虐。

第四十二章
谈年轻与年老

如果年少之人不虚度光阴，年纪轻轻也可以很老成，但这种情况很少见。一般来说，年轻好比最初的想法，论明智总不及再三的考虑，思想和年龄一样，也有年少和老成的区别。与老年人相比，年轻人更富有创造力，想象力更是如神助般涌入脑海。

天性热情、感情炽烈的人直到过了中年才可以变得成熟，恺撒大帝和塞维鲁皇帝就是这样的人。曾有人评论塞维鲁说："他曾度过一个荒谬的，甚至是疯狂的青春"，不过他后来成为了罗马皇帝中最为杰出的一位。生性平和的人在青年时期也许能做得很好，奥古斯都·恺撒、佛罗伦萨公爵科西莫和法王路易十二之甥加斯东·德·富瓦等都属于这一类。另一方面，人若是年纪老成，同时又不失活力与热忱，可说是建功立业的绝佳保证。青年人擅长创造却欠缺准确的判断，干劲十足却缺乏决策力，善于革新却不喜欢守业。老人的经验，如果是对他经历过的事情，就可以进行指导；如果是对新生事物，就会产生误导。青年人的错误会破坏大局，而老年人的错误充其量就是成事不足，无关大局。

青年人做事大包大揽的时候多，喜欢轰轰烈烈，不喜欢扎扎实实，做事好急功近利，不择手段，不论轻重，碰上几条原则，就穷追不舍，贸然搞革新，结果招来一些意想不到的麻烦；如果错了，一上来就用极端的补救措施，结果错上加错，却又不肯承认错误。青年人如同不羁的野马，不肯停止，也不肯回头。有年岁的人过于喜欢反对别人，商量事务时间过久，不肯冒险，后悔太快，并且很少把事情做得圆满，却很容易满足于稀松平常的成功。毋庸置疑，兼用年轻人与老年人方为上策，此举有利于现时，因为年轻人和老年人可以相互弥补对方的不足。从发展的角度说，青年人可以从老年人身上学到自己缺乏的经验。在外交事务上也是好的，因为老年人有权威，青年人得人心。在道德方面，青年人较为优越；而在政治方面，老年人较为优越。经文里讲“你们中的年轻人将见到幻境，而你们中的老年人将梦境”，有位拉比对这句经文的解释是，年轻人比老年人更接近上帝，因为见到幻境总比梦境更实在一些。世情如酒，饮得越多越醉人。岁月可以增长人们的理解能力，却不会助长善意仁心。早熟的人往往凋谢也早。这类人可以分为三种，第一种锋芒毕露，但很快就会卷刃，例如修辞学家赫摩吉尼斯就是这样，他少年时就能写出美妙的作品，可后来却成为一个愚钝的人了。第二种人具有某种气质，这种气质在青年人身上很具魅力，如能言善辩只适合年轻人，不适合老年人，就像图利评说霍滕修斯那样：“他早该成熟了却依然故我。”第三种人年轻时志向过于远大，一生都无法实现，如历史学家李维评价罗马将军西庇阿·阿非利加：“他的后来可不如他的早年。”

第四十三章

谈美

美德有如宝石，最好是用素雅的东西镶嵌。同样，一个人容貌虽不姣丽，打扮并不华贵，却标致端庄又有美德，是最让人称赞的。美貌的人多半在别的方面没发现什么长处。就好像自然造人但求无过，不求卓越似的，结果是，有美的外表却没有美的心灵，只追求形体之美而忽略了德行之美。但这不可绝对而论，奥古斯都·恺撒、提图斯·韦斯巴芗、法王腓力四世、英王爱德华四世、雅典的亚西比德、波斯萨非伊斯梅尔都是一代英豪，也是当世俊男。说起美，相貌之美胜于肤色之美，而得体优雅的动作之美又胜于相貌之美。最美的地方是图画所不能表现的，也不是人生第一眼就能发现的。完美的东西都存在着奇特的协调性。阿佩勒斯和丢勒，他们中一位是要按照几何比例来画人，另一位通过摄取不同的脸面最美的部分来合成最完美的人像，他们两位谁更能戏弄人，没有人能说得清。像这样画来的人，我想除了画者本人恐怕没人会喜欢。我并不认为一个画家不可能画出一张那么美的脸，而是说他应该本着得体来作画（如音乐家在音乐中创作优美的曲调一样），而不应该完全遵从某一项规则。有许多脸型，每一部分单拿出来看都不美，但作为整体却非常动人。

假如美的主要部分果真在于优雅得体的动作，那就难怪有些人上了年纪反而变得更加得和蔼可亲——“美人迟暮依然美”。而青春本身就是靓丽的，年轻本身就是美的资本。美如盛夏的果实容易腐烂，难于持久。世上有许多美人，她们有过放荡的青春，而青春易逝，容颜不再。当然，也有一些人的青春让人可以长久回味，是美德让其出类拔萃的，这的确令那些不修美德的人汗颜。

第四十四章
谈残疾

残疾人往往与造物主扯平了，因为造物主使他们遭受不幸，所以他们也愤恨造物主。因为他们中间的大多数（正如《圣经》所言）是“天生薄情寡义”的，这正是他们对造物主的报复。身体与精神之间是有关联的，一方面天生残缺不全，另一方面也不可能毫发无损。然而，人可以选择改变自己属于精神层面的方方面面，而在身体的结构上是没有选择余地的。决定命运的星光有时也会被纪律和美德的阳光遮住，因此，不应该把残疾看作是一种标记，这种情形是会欺骗人的。应当把残疾当作一种有效的动力。不论是谁，如果身上的缺陷遭到别人嘲讽，他心里就会有一种不断的刺激，要把自己从被轻蔑中解救出来。因此，所有的残疾人都是非常勇敢的。起初，这种勇敢只是为了在受人轻蔑的时候保护自己，但日久天长就会形成一种习惯。这种习惯会激励他们勤勉，尤其会激励他们暗中观察别人的弱点，以便积蓄力量进行反击。另外，身患残疾可以消除优越者对他们的嫉妒，把他们看成不屑一顾的人。也可以使竞争对手们放松警惕，因为他们永不会相信残疾人有出头之日。直到残疾人独占鳌头，才瞠目结舌。综上所述，对于一个身残志坚的人来说，残疾是优势，会帮助他们成功。古代的帝王（也有某些国家当今的帝王）常常很信任宦官，因为这些人妒羡一切，才会对一个人更加依赖和尽职。但是，帝王信任宦官，只把他们当作可靠的密探进行侦查和告密，而不是把他们当作贤臣。对于残疾人来说也是一样。有魄力的残疾人，一定要努力把自己从轻蔑中解放出来，而解放的途径不是通过美德就是通过阴谋。有时候残疾人可以成为非常优秀的人才，这不足为怪。阿格西劳斯、苏莱曼之子赞吉尔、伊索、秘鲁总督加斯加都是残疾人，苏格拉底等也可以归入其中。

第四十五章
谈建筑

建造房屋是为了居住，而不是为了供人观赏。所以建筑的首要原则是实用，其次才是美观。当然，二者能兼顾更好。但如果单纯为了追求美观，那么还是把建造这种魔宫的权利留给诗人吧。因为诗人们建造魔宫，花费很少。在环境恶劣的地方盖房，无异于为自己造一所牢狱。我所谓的环境恶劣不仅指空气不好，也包括空气不流通的地方。比如，许多好看的建筑物坐落在一个小山丘上，四围高山环绕，热气无法散去，而风却吹不进来。因此，这种地方一天内寒暑交替变化，就像住在不同的地方一样。再者，环境恶劣的地方不仅指糟糕的空气，还包括不便利的交通、乱糟糟的市场，你如果肯请教莫摩斯，坏的邻居也是其中一个因素。还有许多事我不想细说的，如缺水、缺树、缺荫蔽、土质不好、缺风景和平地、附近缺少可供打猎放鹰和跑马之地、离海过近或过远、缺少可以航行的河流或有河水泛滥的忧患、离大城市过远（那是会耽误事的）或离大城市过近（一切物品都贵）、大产业的集聚地或地方局促不利发展等。所有的这些事情，也许是不会全在一个地方，但是，我们应当知道这些事情加以考虑，以便尽可能地采取其中的优点。并且，也可以建造布置几所房屋，这样在某一所房屋里缺少的东西可以在另一处找到。庞培有一次看见卢库拉斯的一所宅子楼阁宏伟，房屋宽敞明亮，就问道："这真是一处消夏的好地方，但是你冬天怎么办？"卢库拉斯答道："鸟类尚且知道在冬天到来之前迁新居，难道我们还没有它们聪明吗？"

现在由房子的坐落说到房子本身。在说到这个的时候，我们要学西塞罗谈演说的办法。西塞罗写过几本《论演说艺术》的书，后来又写了一本《演说家》。在《论演说艺术》一书中讲述了演说的原理，在《演说家》中讲述了演说方面的最高成就。因此，我们也需要有一个简单的模型来描述一座理想的宫殿。今日欧洲，虽有梵蒂冈和西班牙王宫那样的雄伟建筑，却也很难找到一处堪称典范的优良住宅，这种情形令人吃惊。

因此，第一，我认为如果要想建一座完美的宫廷，必须配套有不同的功能。其一，是举办宴会待客的大厅，如《以斯帖记》中所说的一样。还有是用来居住的卧房。当然，还可以设置前院，前院也可以分成这两部分，包括附厅和以供居住的房间。在宴会厅一侧的正面楼上，要有一间大约四十英尺高的好屋子，周围配备同样宽大的房间，供放置储备演出物品和演员化妆用得。在居住的那一侧，一头建两间可分开使用的厅堂，另一头建两个布置讲究的客厅，一个夏天用，一个冬天用。在这些屋子的下面，要建一个储藏食品和厨具的地窖。关于中间的主楼，应当有两层，要比两侧的高，每层约高十八英尺。楼顶上应该覆盖铅皮，周围装带浮雕的栏杆。这座楼也应该按照需求分成不同功能。楼梯应该建在中轴线上，楼梯扶手用黄铜色，木质浮雕环绕。楼梯上面的屋顶要漂亮讲究。但是，楼梯下面不要再设仆人的餐厅了。否则，仆人们在你用晚餐后吃饭，饭味顺着楼梯飘上来，就像烟囱里冒烟一样。楼梯的高度应该是十六英尺，这跟楼下屋子一样高。

房子前面应当有一个漂亮的庭院，三面环屋，但是这些屋子应该比主建筑低，一眼看起来要高低错落相得益彰。在庭院四角建角楼，并且通过精致的游廊相互连接，将房屋环绕其中。角楼高度应当跟庭院三面的房屋一般高，低于主建筑。院子不适合用砖石砌筑，因为会使院里夏天太热，冬天太冷。四周走人的小路和穿过庭院的路可以用砖砌。其余的部分应当铺草皮，草要常修剪，不应太长也不要太短。宴会大厅一边的厢房做成陈列室。其中，以间隔相等的距离建上三五个精美的小圆顶阁楼，装上描有各种彩绘图形的玻璃窗户。在住房的那一侧，应当设有会客室和普通宴饮的厅堂以及若干卧室，并且，都要建成双层的，不要全向阳，这样就可以有上午或下午避开阳光的屋子了。还应当布置适合消夏和适合过冬的屋子，夏天有荫凉，冬天有阳光比较温暖。否则，人在屋中，满眼都是玻璃窗，就无处乘凉，也无处避寒了。我认为安个飘窗很有用。虽说在城市里，考虑到房屋临街的一致性和美观，与墙齐平的窗户确是较好一些。但是飘窗适合会客后的休息，还能避开风吹日晒。但是这种窗子不宜过多，四个最好，分设在两边，一边两个。

穿过前院，还应当有个内院，与上述的那个院子面积一样大，屋子一样高。内院四周都是花园，四边都带走廊，连接造型匀称而美观的拱门，拱门高度与第一层楼相等。一层临近花园的一面，可以建成门洞或遮阳棚，窗户全面向花园，并且要高于地面，这样可以避开潮气湿气。在这个内院的中间还应该有喷泉或精美的雕塑。这个院子地面的铺砌方法应该与前面的院子一样。院中两边的房屋可用作私人寝室，两端的房屋则作为私人别室。在这些屋子中要预备出一套用作特殊人物养病，配有膳房、卧室、小客厅和内室。这些屋子都应该在二层楼上。至于平地这一层，应该设一个美观通透，用柱子支撑的阳台。在第三层的三面也都应当有类似的阳台或悬楼以便观赏花园的景色，呼吸新鲜空气。在最远一端的两角，应该有两个厢房式的、装潢考究的小阁子，铺设精致的地面，金碧辉煌的挂饰，晶莹剔透的玻璃窗，中间是一个富丽堂皇的圆顶，用各种漂亮的装饰来布置。在那高一层的悬楼上，如果条件允许的话，建几个流水喷泉墙，配装畅通的水道。关于府邸的模式已经说了很多了。还有一件事，就是在没进入府邸前，要先有三个庭院。第一个要建得素朴、四面围墙环绕、绿草茵茵。第二个差不多和第一个一样，不过稍加修饰，在墙上点缀几个角楼。第三个庭院，与主体建筑正面相对，要方方正正，周围不建房屋，三面用露台围绕，装饰要讲究一些，走廊用柱子支撑。至于事务性用房，则要保持一定距离，通过一些低矮的回廊与府邸相连。

第四十六章
谈园艺

全能的上帝是园艺的创始者。侍花弄草的确是人生最单纯的乐趣，也是陶冶心灵的最好方式。缺了花草树木，再豪华的建筑也不过是粗拙的人工雕饰，没有了天然的纯美。还有，人们常发现，在时代向着文明风雅发展的过程中，首先出现的是富丽辉煌的建筑，而后出现的才是精美的园林，好像建筑有了园林才更完美。

我认为在园林管理中，应该做到一年之中每个月都有不同的花圃，栽种时令的花草。虑及十一月下半月至来年一月的寒冷时节，要种上冬季常绿的植物：如冬青、常春藤、月桂、杜松、柏树、水松、波罗蜜树、枞树、迷迭香、薰衣草、长春花（白的紫的和蓝的）、石蚕花、菖蒲、香橙、柠檬、桃金娘（注意不能受寒）和墨角兰，有些要种在墙根向阳的地方。一月下半月和二月应当栽培此时开花的丁香树、黄色灰色的番红花、樱草、白头翁、早开的郁金香、荷兰风信子、小鸢尾和贝母。到了三月就有香堇菜，尤其是单瓣蓝色的那一种，它们是开得最早的，还有黄水仙、雏菊、杏花、桃花、山茱萸花和野蔷薇。四月里接着种双瓣的白香堇、紫罗兰花、香紫罗兰、黄花九轮草、蝴蝶花、各种的百合花、迷迭香、郁金香、重瓣的牡丹、淡色水仙、法国忍冬、樱花、李花和梅花、抽叶的山梳、丁香等。五月和六月开花的有各种的石竹，尤其是粉红色的，各种蔷薇，只有开得较晚的麝香蔷薇不算；忍冬、杨莓、紫草、耧斗菜、法国菊、非洲菊、结果实的樱桃树、醋栗、无花果树、蔗莓、葡萄花、薰衣草、开白花的香兰、百合草、铃兰、苹果花等。七月里就种各色紫罗兰、麝香蔷薇、菩提树、早熟的梨和结果较早的李子树。八月里有各种瓜果，包括李树、梨、杏、伏牛花、榛子、甜瓜以及各种颜色的附子。九月里要种葡萄、苹果、各种颜色的罂粟花、桃子、半边红而肉色黄的桃子、油桃、山茱萸、冬梨和柑橘。在十月和十一月初种植楸子、枸杞、洋李、通过剪枝或移植使其晚开的蔷薇、蜀葵类的植物。这些花草树木都是适应伦敦的气候的。但是我的意思很明确，就是要因地制宜，让花园里“永远是春天”。

当微风吹来阵阵花香，这是经营园艺的人所享受的最大快乐。所以，有必要了解各种花卉的香性。浅红和深红的蔷薇花的香气不容易散发出来，所以，在一大排的蔷薇旁边走过，也闻不到一点香气，就是在清晨有露水的时候也这样。月桂也一样。迷迭香的香气不是很大，墨角兰的香气也少。能释放最大香气的要数紫罗兰，尤其是白色重瓣的那种。这种花一年开两次，一次在四月中旬，另一次在八月圣巴素罗缪斋日。其次就是麝香蔷薇，还有，草莓在叶子将落的时候，会散发出很爽的香气。再就是蔓藤，在刚长穗的时候开一种类似草的小粉花。然后就是野蔷薇、黄紫罗兰花（这种花种在窗下是很赏心悦目的）。还有各种石竹，尤其是花坛石竹和丁香石竹、菩提树花、忍冬花（离远一点更香）。关于豆花我不想多说，因为它生长在田野里。最不被人留恋欣赏而在被脚踩碾压后释放出芳香的花有三种，就是地榆、野百里香和水薄荷。所以，应该多种这些花，遍栽在园中小路上，那么，在散步或踩踏草地的时候就能享受他们的香气了。

关于花园的面积（这里说的是皇家花园），不应少于三十亩，分成三个区域：入园处是草坪区，出口处是灌木区，主要种花的区域在中间。两旁是人行道。各区域的比例是，四亩地用作草坪，六亩地用作灌木，两边各占四亩，十二亩作为正园之用。种草坪有两个乐趣：第一，修剪整齐的草坪让人赏心悦目；第二，草坪中间修一条小径，穿过小径可到达围绕正中花园的篱笆前。但是，这条小径会有点长，并且在一年或一天之中最热的时候，就不好冒着大太阳过草坪，所以必须在花园两边各修一条荫蔽的能通往园中的道路，可以在上面用木头搭一个约 12 英尺高的凉棚用来遮阴。关于是不是应该在花园里建采用各种颜色的泥土拼成图案的花坛，那种东西只不过是小玩意儿，你在糕点上也能见到相似的样子，不重要。花园的主体部分最好是方方正正的，四面篱墙围绕，篱墙上装有装饰精美的拱门，拱门用的是木柱，木柱高约十英尺，宽六英尺。并且拱门之间的距离应该与每个拱门的宽一样。在拱门的上面应该修一圈约四英尺高的木篱墙，篱墙上面再修小角楼，中部圆形凸出，能容纳一个鸟笼子。在两个拱门之间雕刻各种图案，再盖上镀着金边、五颜六色的玻璃片，这样阳光照在上面，五光十色熠熠生辉。这个篱墙要建在一个坡度不大的山坡上，高约六英尺，栽满花草。这个方形花园不要太宽，两边留出地方来修小径，与前面说得那两条加盖顶棚的通路相连。但是，前后两端就不要再修篱墙了，免得阻挡视线，看不清前后的景色。

至于篱墙内园地的布置，每个人都会别出心裁。不过我有一点建议，不论怎么布置，最主要的是不可太复杂、太过于雕琢。就我个人而言，就不喜欢在柱子上刻画图案，那是小孩子的玩意儿。篱墙不高，小巧别致，浑圆天成，附带着漂亮的尖塔，这些都是我很喜欢的。还有，我也喜欢用木工精雕细刻的边柱。另外，园中通道要宽广，两侧空地上可以多修几条小径，但是正中花园里就不要修小路了。花园的中央位置建一座秀美的假山，高约三十英尺，阶梯环绕，可以拾级而上，阶梯修三级，每一级顶上留出一小块平台，能容四人并肩而行。假山上面建几所布局精美的宴客厅，里面布置整齐的壁炉，镶上几块玻璃。

园中建喷泉确实令人赏心悦目。但是，如果积水成塘就一点儿也不美了，容易招蚊蝇，很不卫生。泉水有两种：一种是喷泉；另一种是一三四丈见方的蓄水池，里面没有淤泥，不要养鱼。喷泉如今很常

见，可以做成大理石雕塑的造型。不过，一定要保证水活起来，不要积在下面的水池或水槽里不流通，长满青苔，又脏又臭。此外，每天要有人清洁。泉水要与石级相连，四周地面铺砌平整。至于另一种我们可以叫作“汤池”的水泉，人们可以有很多奇思妙想和美轮美奂的设计。比如，水底和池壁用精美的图案铺砌，并装饰上五光十色的玻璃等使其流光溢彩，周围用雕像环绕等。但是，主要的问题还是与喷泉一样，就是，如何让泉水流动，不是死水一潭。水源是上一层的水池，通常设计成很美观的水帘，流下来的水通过一排水孔或水管由地下流出，这样水就循环起来了。至于那些更精细的设计，比如水流像彩虹挂在空中，或者水以羽毛、酒杯、伞盖等形状喷出，看起来确实很好看，但是对于养生和愉悦身心也没有过多的作用。

关于园林的第三部分，灌木区，我认为应当尽可能布置的天然、粗犷一些。不种植树木，除了栽种几丛野蔷薇和忍冬外，间杂地种些野葡萄之类的植物。地上多栽香堇，草莓和樱草，因为这些植物都有香气，而且在荫地里长得很茂盛。这些花的栽种不必整齐划一，要散种在灌木杂草间。我也很喜欢类似于鼹鼠丘那样的小土堆，就像真得散布在荒野里的。在这些小土堆上面栽植野百里香、石竹、石蚕花等，让人百看不厌的。有些上面栽长春花、香堇、杨莓、野樱草、雏菊、红玫瑰、铃兰、红色的美洲石柱、熊掌花等不名贵，但又香又好看的花草。在有些土堆上可以栽种一些单株的花木，比如玫瑰、杜松、冬青、零星的伏牛花（气味太浓，多了难闻）、红醋栗、桃金娘、迷迭香、月桂、野蔷薇等。但是这些花木应该多修剪，免得凌乱难看。

至于那园中两侧的空隙地带，应该多铺设几条通向各个方向的小路，路要设在幽静处，应该遮阳，还要避风，以备游园散步时遇到大风天气。小路铺上细沙石，不要种草，以免露水打湿了鞋袜。在小路两侧最好种植果树，可以倚墙而栽，也可以自成行列。不过种树的地土质要好，要够宽且不在高处。树的空隙可适当得栽些花草，不可太多，以不妨碍树木生长为好。在这两旁的尽头各堆一座小山，不可太高，以人站在小山顶上不高出四周篱墙为好。登上小山，可以眺望四周的田野。

至于中心的花园，有人主张两边修美观的道路，种上果树。还应该有漂亮的小山，山上也种上果树，还设有供人休憩的凉亭。我不反对这样布局，不过绝不可过多、过密。否则，不仅看着闭塞拥挤，空气也难流通。关于能不能遮阴，我认为中心花园的修建是供人在气候温和天气好的时候游玩的。如果非要在最热的时候散步，可以走两侧的小径。

我不喜欢在园林里养很多鸟，除非园林够大，否则，鸟儿们不仅没有足够的活动余地和栖息地，还弄得遍地鸟粪，污秽不堪。

以上是我所设计的皇家园林的模式，有评论，也有规划。我所规划的只是一个大概，不是一个具体的模型。我没谈花费的问题，不过这对于王公贵族们来说也不是问题。他们以往修园子，大都按照工匠们的建议布置，有时还增加成本很高的雕像，花费不少，建的园林富丽堂皇，却没有了园林本身给予人的那种天然成趣的快乐。

第四十七章
谈磋商

就有关问题进行磋商，多数情况下，面对面的口头协商要比用书信协商效果好，由中间人出面协商比双方直接交涉效果好。如果想得到书面材料以备以后拿出来作为证明，或者是担心当面协商有可能被打断，不能完全了解对方的意图，使用书信协商还是比较好的。用书信进行磋商的好处是，不用过多顾忌情面，尤其是存在上下级关系时。但是，当面协商的好处是能够通过察言观色知道事情进展的深浅。还有，面谈更能自由地表达对意见的保留和否决权，并给出解释。为了能够不打折扣地按照自己的委托去与人协商办事，要选老实的中间人，这样的人肯办受托的事务，且能够忠实地给予反馈。一定不要任用巧用心机图谋私利、不据实汇报只为讨好的人。要任用心甘情愿的人，这样才有积极性。还要量才而用，人尽其才，比如：派胆大的人去据理力争，派能说会道的人去劝导，派机警的人去察言观色，而倔强愚蠢的人可派去办师出无名的事。对于那些以前做过中间人且办事也很成功的人，应当任用，这种人自信，也会努力做好来保持自己曾经的荣誉。在磋商过程中，直截了当地探查对方意图不如采用迂回的办法好，当然也有例外，比如突然问一个出其不意的问题，使对方措手不及，无法掩饰。与一个无欲无求的人商谈不如跟一个有强烈欲望的人商谈好。如果经过磋商，双方已经订好决议的条件，那么由哪一方首先履行条件就是下一步商谈的关键。没有哪一方可以毫无理由的要求对方先尽义务，除非不得已。那么此时，可以承诺对方将来在别的事情上有所求，并让对方相信自己的诚信。一切磋商的关键就是观察或利用对方。看对方是不是流露出真性情必须在以下几种情况下，即在信任对方时、在激动不已时、在毫无防备时、在有所求而无所依时。只有了解了一个人的性情和习惯，才可以引导他；知道了一个人的目的，才能劝服他；摸清了一个人的弱点和短处，才好威慑他；或者找到一个有影响力的人，才可以控制他。与狡猾的人商谈交涉，必须要洞察他的真正用意，并以此来分析判断他说话的虚实，与这样的对手交涉，一定要少说话，要说就趁其不备。在磋商遇到困难时，不要急功近利，要妥善准备，循序渐进，才会有收获。

第四十八章

谈随从

高价随从是既不讨人喜欢，又对主人不利的，只会使主子尾巴拖长，羽翼缩短。所谓高价随从，不仅指的是那些消费过高的随从，还包括那些反复请求主人办事而遭人厌烦的随从。一般而言，随从所求之事不应当超出主人愿意给予或能够给予的范围，在请求主人庇护时也不应该超出主人的能力范围。主人们更不能喜欢那些结党营私的随从，因为这样的人为你所用并不是出于对你的感情，而是因为对别人心怀不忿而利用你。我们经常见到的大人物之间的误会一般都是由此引起的。同样，有些随从好吹牛，到处宣扬主人的名声，这也是对主人不利的。这样的随从会泄露主人的隐私，成事不足败事有余。还有一种很险恶的随从，实际上就是间谍，他们常常窥探主人的家事，并散布给别人。然而这种人往往受宠，因为他们很殷勤并善于迎合，也能为主人获得有用的情报。大人物拥有与自身职业相符的特定随从，比如将领赢得沙场旧部的追随，向来是一件风光体面的事情，即便在君主国家也不会招致非议，前提则是声势不致过大，民望不致过高。但是，有一种随从很难能可贵，他们是因为主人的知人善任才跟随左右、不离不弃的。雇用比较平庸的随从比雇用能力强的随从要好。虽然说在特殊时代，有大才能的人是比有大德的人有用。政府最好任用等级资格都差不多的人，因为如果破格任用有才的人，那么此人难免恃才傲物，而其他人也会因为资格相同却待遇有别而心生怨恨。相反，通过选拔的方式，择优使用并予以厚爱是可以的。这样能让被任用的人深感有知遇之恩，而其他人更加勤奋，因为一切都取决于厚爱。对于随从，不应该从一开始就厚待他，否则以后很难进一步褒奖。不要偏听偏信某一个随从，这样不仅表明了主人的软弱，也给了那些在主人面前说不上话的人在背后说三道四的可乘之机，这样就损坏了主人的声誉。然而谁的话都听信就更糟糕，因为这样就使人们屡屡变卦，脑子里只留下最后的印象。

最好还是能采纳少数几个贴心随从的忠告，因为旁观者总比当局者看得清楚，不入低谷难显高山。友谊在世上是很少见的，尤其在地位相等的人之间更不会持久。而真正的友情会存在于主仆之间，因为他们才是荣辱共生、相依为命的。

第四十九章

谈委托

受人委托办理他们做过的伤天害理的事的确有损大众利益。有很多好事却由坏心眼的人办了，我说的坏心眼不只是思想很坏，也包括内心狡猾，就是那种口头上答应别人的委托而心里没打算去做的那种人。有些人大包大揽替人办事，却没有切切实实地去做，但是一旦他们发现这件事情通过别人的努力快要成功的时候，这种人就趁机让人相信自己替人家办过事，从而让人家感谢并得到一份报酬。有些人接受人家委托，目的只为借此阻挠另一个人，或者助纣为虐，至于所托之事成与不成，他是毫不关心的。一般来说，这些人答应别人的委托就是为了利用机会为自己的事搭桥铺路。甚至还有些人答应别人所托，却满心希望事情办不成，借此取悦于竞争对手。毫无疑问，每一件委托交办的事都会分个是非曲直，如果办理的是双方争论不休的事，必然能分出有理和没理来。但是，假如因为感情用事而偏袒了没理的一方，倒不如想法达成双方和解，而不至于让有理一方遭受打击。如果一个人感情用事想奖掖庸才，那就须巧妙安排，不要诋毁伤害才德优胜之人。对于别人委托而自己却不明白的事，最好请教自己信任又有见识的朋友，让他做出正确的仲裁，否则就会让人家牵着鼻子走。委托办事的人最讨厌有所隐瞒或欺骗，因此有些请求一开始就应该明确告知不予受理。一旦接手，在事情进展过程中要以实情相告。在事情办妥之后，除了应得的答谢之外不索要任何额外的补偿。这种做法不仅值得尊敬，而且令人感激。请求照顾时，哪个先提无关紧要，但一定要取得委托办事的人的信任。对于只有当事人才能提供的信息，不要立刻给予回报，要让当事人在其他方面能感受到你的诚信。不懂所托之事的价值是愚蠢，而不懂其中的公道是没有良知。在事情办理中最好要保密。因为声张自己办事顺利虽然可以挫败对方，但也会激励对方加快进展。在事情办理中最重要的是掌握好时间节点，不仅要安排好与答应请求的人交涉的时间，也要安排好与企图出来阻挠的那些人周旋的时间。物色办事的人选时，要选择最适合办事的人，而不要选择最有名望的人。选用专办此类事件的人，而不选用包揽一切的人。在要求赔偿时，初次要求可能会遭拒绝，如果不丧气、不生气，再次去请，因遭拒而得到的补偿有时跟初次答应的一样。如果对方眷顾有加，“所求逾分以保所得充分”不失为一条良策，否则，就逐渐提高要求，免得一下子被拒绝，因为人们一开头也许会贸然拒绝求情者，但不会等到最后既得罪人，又白费了先前给予的好处。人们总是以为，对于大人物来说，写封推荐信实在是再轻松不过的顺水人情，殊不知倘若所荐非人，此类信件最是败坏名誉。所有委托办事的人当中，最恶劣的莫过于包揽各色委托的专业说客，这种人一无是处，完全是戕害公益的毒药和瘟疫。

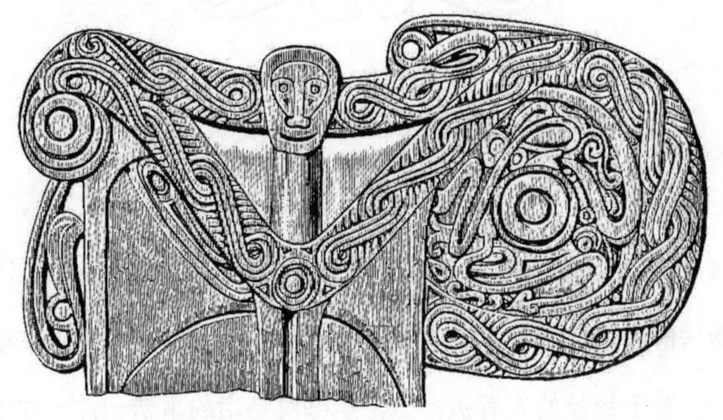

第五十章
谈学习

读书可以怡情悦性，可以附庸风雅，也可益智才。怡情悦性常见于幽居静养处，附庸风雅表现在言谈辞令上，益才之用则在审势处事之际。富于经验的人有执行力，能够对特定的事情一件一件地加以判断处理。但是，要论纵观全局、整体规划，只有学识渊博的人才能做到。花太多时间读书是怠惰的表现；把所读之书过多地用作装饰是矫揉造作；做事照本宣科就是书呆子。读书可以改善人的天性，而经验又可以丰富知识体系。人天生的能力就像野生的草木，需要通过读书学习来修枝剪叶。读书学习必须结合经验的指导，否则难免会纸上得来终觉浅。市侩狡猾的人鄙视读书，头脑简单的人羡慕读书，只有聪明的人才能把所读的书活学活用。知识本身并不教人如何运用，而知识运用的学问是书本之外、超越知识本身的一种智慧，是通过观察体会才领悟到的。读书的目的不是为了与人辩驳，不是为了读书而读书，也不是为了谈资，读书的目的在于格物析理。读书好比进食，有些书浅尝辄止，有些书可囫囵吞枣，有少部分则应当细嚼慢咽。因此，有些书只读一部分就够了，有些书可以通读，但是不必太细，还有不多的书就应当通读、反复读、用心读。有些书可以请人代读，只看摘要就行。但是，这种办法只适合不很重要的议论和劣质的书籍。否则，经过摘录的书就像蒸馏的水一样，淡然无味了。阅读使人内心充实，谈论使人思维敏捷，写作使人言语精确。因此，一个人如果写得少，就必须记性好；如果与人很少谈论，那就必须睿智；如果读书少，那就必须机灵，这样才可以显得博学多识。读史使人明智，读诗使人秀敏，学数学使人精细，钻研自然哲学使人深沉，学伦理使人庄重，逻辑修辞使人善辩，此之谓“学问铸就品行”。不仅如此，知识可以弥补精神上的缺陷，就像适当运动可以治疗身体上的某些疾病一样，例如，打保龄球有助于肾结石的排出；射箭有助于扩张胸肺；散步有助于消化；骑马有助于头脑反应灵敏，等等。同样，如果某人做事不专心，他最好去研究数学。因为数学推理需要专心致志，稍不仔细就出错，只能重头做。如果某人缺乏分辨能力，他最好研究经院学派哲学，因为这门学问最擅长分条析理。如果某人不善于推理，他最好去研究法律案例。这样看来，思想上各种的缺陷都可以找到一种专门的补救办法了。

第五十一章

谈党派

许多人不明智地认为，治国理事的关键在于考虑周全各党派的利益，平衡关系。然而，道理正相反，最高的智慧要么是推行各个党派都不得不赞同的公道政策，要么就是因人施术，着眼于个体而非党派。但是，我并不是说要忽视党派。出身卑微的人，只有依附党派关系才能谋求个人的发达。地位高且有实力的人，最好是不偏不倚、保持中立。初入官场的人，虽然有必要依附某一党派，但是态度一定要温和，与其他党派的关系也要说得过去，这样才能为自身的发展铺好路。人数少影响力小的党派，往往凝聚力最强，因此我们经常看见，立场死硬的小党把派性温和大党逼得山穷水尽。一个党派被打倒之后，剩下的另一个党派常常会因内部分歧而导致分裂。例如卢库拉斯和元老院贵族结成一党（他们被称为“贵族党”）跟庞贝和恺撒的党抗衡过一段时期，后来贵族的权威被打垮，恺撒和庞贝就分裂了。安东尼和屋大维曾联手抗衡布图和卡西乌斯结成的党派，双方也对峙了一段时间，但在布鲁图和卡西乌斯覆亡之后，安东尼和屋大维就决裂了。这些例子都是战争方面的，同样的道理也适用于不动刀枪的暗斗。在党派发生内部分裂的时候，次要的人物往往会变成党魁，但也往往会变成鸟尽弓藏的废人，因为许多人的强项只限于党派争斗，党争既已结束，他们就没了用处。常见的情形是很多人已经依附于某一党派，却又与反对党派有所联络；这些人或许认为：自己已经抓牢了一方党派，现在是时候拉拢新党派了。两党相持久而不决的时候，叛党分子最容易被重用，因为，一个人力量的撤出和加入就可以打破平衡、决定胜负。在两党之间保持中立不一定是因为态度温和，往往是由于自私自利，想达到从双方渔利的目的。在意大利，人们对教皇们嘴里常说的“众人之父”的名号表示怀疑，认为从这个名号上可以看出教皇们所做的一切都是为了家族的荣耀。君王一定不要偏袒某一党派，甚至让人觉得属于某党派的一分子，党争总是不利于王权的。因为党派要提出一项义务以高于对君王的义务，而且使君王“似乎成为我们当中的一员”，这从法国的神圣同盟中可见一斑。党争激烈的时候，势必影响到君王的权威，从而削弱王权。各党派的运行应当像天文学家说的小行星的运转一样，可以自转，但是绝不可逃离王权控制的轨道。

第五十二章
谈礼节

不识虚文的笃实之人，必须有过人的才德，就像没有任何镶衬的宝石，必须货真价实才能受人青睐。如果一个人做事一向有礼有节，就会获得人们的赞许。获得赞扬的道理和挣钱的道理是一样的。有句谚语说得很对“小利可以赚大钱”，因为小利益总会有、积少成多，而大钱总是来的少。同样，小小的礼貌之举常常会赢得赞许，因为小举动是日常行为，更容易引人注意，而表现过人的才德的机会如同节日一般稀少。一个人如果有好的举止仪表，那对他的名誉是大有好处的。正如伊莎贝拉女王所说，“好仪表就像一张永久的名片”。要有好的举止仪表，首先要重视，只要重视了，就自然会从别人身上观察到优美得体的举止，其余的就靠自己了。过于做作的表现本身就失去了举止的优雅，变得不自然了。有些人的一举一动像首诗，每个音节都仔细推敲过，这样拘泥于小节的人又怎么能成大事呢？有些人全然不拘礼节，就等于教别人也不要讲礼貌，结果，别人也就不尊重他了。尤其是在与陌生人交往或办正事的时候更不可不讲礼节。但是总想着讲礼节，把礼节看得高于一切，不但沉闷乏味，而且也会失去别人的信任。当然，除了礼节，言语表达的恰当也是博得别人称赞的方法，掌握好这点也很有用。一个人在同辈之间最好矜持一点，这样会让人亲近。在下属面前要表现亲密一点，这样会得到尊重。无论何种姿态，若是做得夸张过火以至令人生厌，都无异于自贬身份。自己出力替别人办事，要让人觉得你这样做是出于对人的尊重，而不是乐善好施。通常在赞同别人说话的时候，也要加上自己的观点，例如：你赞成他的主张，可是有所不同；你愿意附和他的决议，可是要有前提；你赞成他的主张，可是要加上你自己的理由。赞成的话说得再怎么完美，嫉妒的人也会说你拍马屁，损害你的英明。做事礼节太多，时时注重小节也是有害无益的。所罗门说："看风的人没法播种，看云的人没法收获"，有智慧的人不仅懂得发现机会，更多的是自己创造机会。人的举止礼节就好比穿衣，不可太紧或过于讲究，应当宽松一点，便于工作和运动。

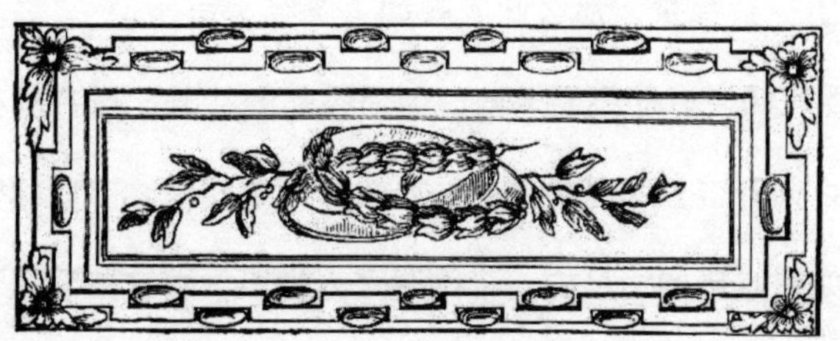

第五十三章 谈称赞

称赞，如同一面镜子，是一个人品德的反映。如果称赞来自于庸人，那多半是不实且没有意义的。称赞的对象与其说是真有才德的人，不如说是徒有虚名的人。因为，庸人不懂什么是美德，最低等的美德最容易得到称赞，中等的美德能引起人们的惊叹和羡慕，但是，人们对于最高尚的品德往往浑然不觉。最受称赞的是流于表面的美德。名誉就像河流，只有轻虚之物才漂流在水上，而沉重坚实的东西是沉在水中不被轻易发现的。如果某个人得到很多有地位又有真知灼见的人士的一致称赞，那么此人就如《圣经》里所说，“美名强过香膏”，它香气四溢，却不易消散，因为香膏的芬芳比花卉的芬芳更持久。赞美之词有很多都是虚伪的，所以，不要轻信。有些称赞就是为了吹捧，如果吹捧的话是由一个平庸之人说出，那这些话只不过就是对任何人都常讲的套话。要是他是一个狡猾的吹捧者，那他就会阿谀奉承一个人心中最自鸣得意的地方。但是，如果这个吹捧者厚颜无耻，他就会找出一个人深感耻辱的地方，却坚持说这是对方最大的长处，搞得一个人“良心不安”。

有些称赞是出于善意和尊敬，是怀着一种对君王和伟人才有的礼节性赞扬，这就是“教导性称赞”。其实，就是间接告诉对方应该如何做才好。有些称赞其实是恶意的伤害和中伤，目的就是引起别人的嫉妒，“最凶的敌人就是吹捧你的敌人”。所以希腊人有句谚语：“遭人恶意恭维的人鼻子上要长毒疮”，就好像我们的那句俗话“说谎烂舌头”一样。当然，适当的称赞，如果能做到恰到好处而又与众不同，的确是有益的。所罗门说：“清晨起来，大声称赞朋友，就等于在诅咒他”，因为把人或事过于夸大，必然招致反感、轻蔑和嫉妒。至于一个人自吹自擂，除了个别情形之外，总是不合适的。但是，如果称赞的是自己的职位和职业，那就可以夸得很优雅也很自豪。罗马教廷的主教们都是些神学家、修道士、经院学者，他们很轻视在战争、外交、司法等领域做实务的人，称他们为“俗吏”，意思是他们这些人所做的事都是些管家才做的俗事，虽说这些官员们所做的事远比他们的高谈阔论有用得多。圣保罗在自夸的时候，常常加上一句“让我说句不知好歹得话”，但是在说到自己的职务时，就说：“我要夸夸我的职分”。

第五十四章

谈虚荣

“苍蝇坐在战车的轮轴上说道，看，我扬起了多少尘土啊！”《伊索寓言》说得真是太妙了。总有一些像这样有虚荣心的人，无论大事小事，只要跟他们沾一点关系，他们都以为是自己的功劳。好自夸的人必然要搞派系斗争，因为只有靠与别人比较才能自夸。自夸的人必要自吹自擂，虚张声势，实际上也没有大的效果。相反，他们就像法国的一句谚语所说：“雷声大，雨点小”。然而在政治中这种品性的人也不是毫无用武之地的。每逢需要造势的时候，这些人便是很好的吹鼓手。正如历史学家李维在安条克和埃特利亚人那里所注意到的那样，“对双方都撒谎有时也是大有效果的”。例如，某人在力劝两位君王联合起来向第三方作战，他就言过其实对双方夸张彼此的兵力。又如有人在另外两个人之间夸大其词地谈自己对彼此的影响，结果是提高了自身的声望。以上此类事件表明，无中确能生有，谎言足以对人对物产生观点，而观点足以能引起实效。对于军官和士兵来说，虚荣心是不可缺的。铁枪要锋利需用铁来磨，为了虚荣的自豪感，勇气在彼此之间越挫越勇。在冒险的事业中，天性浮夸张扬的人可使行动团队豪情万丈，而稳重冷静的人却像重物压舱，致使航行的大船不能扬帆疾行。以学扬名的人，如果不借助虚饰卖弄的东风，就不会声名鹊起。“那些著书立说贬斥虚荣的人还是把自己的名字写在扉页上。”古代贤哲苏格拉底、亚里士多德、盖伦，都是具有夸耀能事的人。虚荣心的确有助于一个人万古留名，而他们的美德从来不是天生所具有的，其中也少不了别人的吹捧。西塞罗、塞内加、小普利尼的名声若不是与他们本身的虚荣心连在一起的话，也不会弥久如新。这种虚荣心就像天花板上的一层油漆一样，使天花板又亮又经久不衰。但是，说了这么多，我用“虚荣”这个词并不是指塔西佗所说的穆西亚努斯的品质，即“他有一种能够漂亮地炫耀他一切言行的本事”。因为，他的这种特性并非出于虚荣心，而是出自天生的豪放和判断力，在有些人身上就一点也不做作，而且还很优美高尚。因为表现过于恰当的谦逊、退让与虚心都不过是炫耀自身的技巧。其中有一种更好的技巧，没有比作家小普林尼说得更加高明的了，如果你在某方面有所长，而别人恰好也有一点这样的长处，你就应当毫不吝啬地多多称赞那人。小普林尼说得很巧妙：“在称赞别人的时候，你也称赞了自己。因为，如果那人在你所称赞的那方面不如你，他都值得称赞了，你就更值得称赞。如果那人在那方面胜过你，他都不值得称赞了，你就更不值得称赞。”好炫耀的人是明智的人所鄙夷的，而是愚蠢的人所羡慕的，也是好谄媚的人所奉承的，他们自己就是虚荣心的奴隶。

第五十五章

谈荣誉

荣誉的获得真实地反映了一个人的品德和价值。有些人想方设法争取荣誉，对于这种人，人们很喜欢谈论，但是却很少从内心里佩服。与此相反，另有一些人设法让自己的才能藏而不露，所以人们总是低估他们。如果有人成功地做了旁人未曾尝试过的事，或者尝试过却失败了，再或者是别人尝试做却做得不是很完美的事，那么这个人获得的荣誉应当超过追随别人做成更难事业的人。如果一个人的所作所为能够缓和团体之间的摩擦和增进人们之间的团结，那么他获得的赞誉就更大了。再如果一个人办成一件事所得的荣誉远远不如办砸这件事所得的耻辱，得不偿失，那么这个人就太不爱惜自己的荣誉了。与别人一争高低得来的荣誉，就像切成多面体的钻石一样，很快就被所有对手衬托得熠熠生辉。所以，人在追求荣誉的时候，多一些竞争对手更有助于自己脱颖而出，获得荣誉。随从的人越多越有利于扬名，“一切的名声都由仆人们散播出来”说的就是这个道理。别人的嫉妒是荣誉的克星，要想别人不嫉妒，最好的方法是表明自己所追求的是事业的成功而不是名声，而且要把自己的成功归功于幸运和天意而不是才德和智谋。君主的荣誉可分成几等。最高的荣誉应当归于那些开国之君，例如，罗马城邦的缔造者罗穆卢斯、波斯王朝的奠基人居鲁士、恺撒大帝、土耳其帝国的奥斯曼和波斯萨法维王朝的开创者伊斯梅尔等。二等的荣誉应当属于立法创制的君主，人们称呼他们是万世君王，因为他们去世后，后世君王仍能沿用他们所立的律法治国，例如，斯巴达法典制定者莱克格斯、雅典立法家梭伦、拜占庭皇帝查士丁尼、英国国王埃德加、还有创制《七卷律》的卡斯蒂利亚贤王阿方索。第三等荣誉应该给救国的君王，他们救国救民于长期内战的困苦，或者是推翻了外来者或暴君的压迫，例如，奥古斯都、维斯帕先、奥勒良、西奥多里克、英王亨利七世和法王亨利四世等。第四等荣誉属于扩疆拓土或保家卫国的君王，他们通过正义战争扩张疆土或英勇地抵御了外来侵略。最末等荣誉应属于那些国之慈父，他们治国有方，国家安定太平。属于后两种的君主很多，就不一一列举了。臣子的荣誉也有分等级。第一等是为主分忧、替主解愁的大臣，他们都是君王所倚重的人，是君王的左膀右臂。其次，就是战将，他们辅佐君王，在军事上建功立业。第三就是亲臣，他们得君心顺民意。第四就是能臣，他们干练有才能，身居要位且尽职尽责。还有一种荣誉，是最高的，但也是稀少的，就是为国家利益万死不辞或铤而走险的人，例如，雷古勒斯和德丘斯父子。

第五十六章 谈司法

法官应当记住自己的职责是“司法”而不是“立法”，也就是说，是解释和实施法律，不是制定和更改法律，否则，其职责就会像罗马教会所声称拥有的那种权威。罗马教会借解释《圣经》之名，更改律条，把原本子虚乌有的东西随意添加，伪造古法，杜撰新法。对于法官来说，博学比机智更重要，肃穆可畏比自命不凡更重要，谨慎比自信更重要。而正直是法官最该具有的品质。摩西律说：“私移界碑者，必受诅咒。”挪动界碑的人是有罪的。但是，若在田地产业案中，如果法官错判、误断、判案不公，其罪行比私挪界碑的人可要严重多了。一次不公正的审判比多次违法行为所造成的恶果要严重，因为这些违法行为就像是污染了的水流，而审判不公就如同把水源污染了，所以所罗门说：“善恶不分，混淆是非，犹如浑浊饮泉，秽污井谷。”法官的职责与诉讼双方、律师、属下官吏以及君主和国家都有关系。

首先是关于诉讼。《圣经》上曾说："有人把审判过程变得如艾草一样的苦。"确实也有人把审判过程变的如醋一样的酸。不公平的审判很苦，而拖延不决的诉讼让人觉得酸涩。法官的主要职责就是审判人们的暴力行为与诈骗。暴力行为在光天化日下横行时特别险恶，而诈骗的隐患绝不亚于暴力行为。而有些人无事生非就好起诉，这是对法律程序的干扰，法庭应该不予受理。法官应当创造一切条件做到公平审判，犹如上帝所做的那样，削平山冈、填满沟壑，为人类铺出一条平坦大道。因此，当诉讼的任何一方非常强势时，法官若能不畏势力，不屈服于任何压力，不被任何诡辩、阴谋所迷惑，一切判断以公平为基础，只为冤者鸣不平，那其人才德便可见一斑了。再有，就是"用力拧鼻子必然出血"，压榨葡萄汁的机器若是用力过猛，所出的酒必然是涩的，而且味道不纯。因此，作为法官必须注意，不可歪曲或苛刻地援引法律条文，陷人以罪。因为世间的一切苦难之中，最大的莫过于枉法。尤其在刑事案件中，法官不应该把法律作为虐待被告的刑具，应该懂得，法律制定与实施的目的在于惩戒。还应当注意，不可动辄就撒下法网，因为刑律都过于严苛。英明的法官对久置不用或已经过时的严刑酷法要限制施行："注重案件的事实，也要考虑案件发生的环境，这都是法官的职责。"人命关天，法官应当依法办案、公平公正，但也应该在法律允许的范围内心怀慈悲，做到用严厉的眼光对事，用悲悯的眼光待人。

第二，关于律师的辩护。耐心严肃地听取辩护是法官的重要责任之一，多嘴多舌的法官不是大响的钹。在审判过程中，法官先讲出从律师那里听来的事情，随意打断证人的证词或否定律师的辩护以显示自己的敏察，不断发问双方当事人诱使他们过早讲出后面要讲的话，这些都是不利于司法的公正。在庭审中，法官有四项职责：一是指示取证，查清案件事实；二是制止过长、重复和与主题无关的陈述；三是选择证据并重申总结案情；四是依法裁判。凡是超过这四件事的就是越职，要么是说得过多、自我炫耀，要么是缺乏耐心、不愿意听申辩，要么是记忆力不佳，要么就是对双方辩护人缺乏认真公平的关注。奇怪的是，辩护人滔滔善辩多能得到法官的偏心，可坐在法官的位子上就应该效仿上帝、不偏不倚、抑专横而扶谦恭。但是法官偏重出名律师那就更怪了，这样便会引起受贿的嫌疑。在辩护人为某方当事人辩护有方，案件办理得当的时候，法官有责任给予称赞，尤其在一方申辩不利的情况下更应该这样做，才可使委托人对辩护人信任有加。同理，如果辩护人无理狡辩、强词夺理，缺少关键证据或证据不足，滥用诉求，那么，法官有责任给听证人必要的交代，也理应对辩护人进行得体的斥责。辩护人不可与法官舌剑唇枪得争辩，或者在法官宣判之后情绪激动重提案件。但是，在另一方面，法官也不应该中途就询问某方当事人，而不听取辩护人的辩护，使证据不能全面呈现出来。

第三，关于司法辅助人员。法律所在之处神圣不可侵犯。因此，与司法有关的一切，从座椅到听证席的围栏都应该是清清白白的。的确如《圣经》上所说“荆棘或蒺藜上是摘不出葡萄来的”，从贪官污吏的荆棘丛中是结不出公正这颗甜美果实的。法院里的恶行有四种：第一是煽风点火、扰乱法庭、祸害国家的人；第二种是夸大法院职能，越权办事的人，这些人不是为法院好，却是将法院置于司法纷争中，浑水摸鱼谋取私利，他们是法律的寄生虫；第三种是被称作“法院一只手”的那些人，他们用阴谋诡计阻挠法院的正常办公程序，使公道溺于私情；第四种就是敲诈勒索的人，他们把法院比成了矮树丛，一只在暴风雨中逃进去以求庇护的羊，总得要损失一部分羊毛的。但是，另一方面，法院里经验丰富的工作人员，熟悉律例，做事谨慎，通晓司法事务，的确也是法官最得力的助手，也常常会给法官本人以指导。

第四，关于与君主、国家的关系问题。法官应该牢记《罗马十二铜表法》的结论“人民的安全是最高的法律”，而且应当知道，法律若不能保护人民的安全，这不过就是一句吹毛求疵的话，完全是一句空话。因此，在国务不畅或法政不顺的时候，执政者和司法者若能常在一起切磋，那便是利国利民的一大幸事。虽然说打官司的事是多为一家或一人的事，但是说到底关系到国家。而国事不仅涉及王权，甚至会成为社会大变革或者大危险的起因，那么很显然是关乎人民的。再者，谁也不可能怀疑公平的法律与切实的政策之间的关系，因为这两者就好比精神与筋骨的关系，是共同协作相辅相成的。司法人员应当牢记，所罗门的宝座两侧是由两只狮子来支撑的，法官不仅应该当作狮子，还要当宝座旁边的狮子，不可逾越王权半步。法官切不可对自身权利茫然无知，以至于认为自己并不肩负那项首要的职责，亦即明智地运用法律，因为他们应当记得，使徒保罗曾如此评说一部高于人世法律的律法："我们知道律法原是好的，只要人用得合宜。"

第五十七章

谈怒气

力争消灭愤怒，只不过是斯多葛派的吹嘘之词。对此有一种更好的告诫之言："可以生气，但不可因置气而犯罪，不可含怒气到日落。"怒气必须在程度和时间两个方面加以节制。对此，我们就从以下三个方面来探讨，首先是如何调节容易生气的天性；再说如何阻止因生气而发怒的行为，避免造成危害；最后再说说激怒别人或让别人息怒的方法。

关于第一点，只能是冷静地想想生气所招致的恶果和给别人带来的麻烦，别无他法，最好是在怒气平息后去反思。哲学家塞内加说得好："怒气犹如倾圮的房屋，它在倒下的地方破碎。"《圣经》教导我们："在忍耐中守住灵魂。"失去了耐心，也就失去了灵魂。人绝不可像蜜蜂那样因愤怒"蜇伤了别人却丢了自己的命。"怒气是一种卑劣的情感，它总是趁虚而入，任它摆布的往往是生活中的弱者，如儿童、妇女、老人、病人等。务必注意，当别人激怒你的时候，愤怒的同时要蔑视对方，绝不能在愤怒中表现出畏惧，这样受伤的就不是自己而是对方了。只要能管住自己，这点就很容易做到。

关于第二点，有三种情况会让人容易生气发怒，第一是内心敏感容易受伤。心细而内心脆弱的人往往爱生气，很多事情会令他们烦恼；而这些事对于一个内心强大的人来说，根本就没有感觉。第二种情况是觉得被人蔑视而深感伤害时。被人蔑视所激起怒气伤人至深，远远胜于其他的伤害。因此，人如果敏于发现轻蔑的因素，就常常燃起怒火。最后一种是认为名誉受到损害的时候，也容易生气。为了防止这种情况，最好就如西班牙名将孔萨沃说的那样："给荣誉穿上一层厚厚的外套"，使其坚固，不会被轻易摧毁。在所有抑制怒气的办法中，最好的方法是克制怒气，延长时间，并相信报仇的机会将来会有，现在还不是时候，如此便可平复心情，不至于当场发作。

为了避免生气时造成伤害，要特别注意两点：第一，切勿出言无状，恶语伤人，这不同于一般无关痛痒的怨世之骂，也不可因怒气而泄露别人的隐私，这会让自己被孤立的。第二，切勿为逞一时之气冲动做事，不管不顾；总之，切不可一气之下就撂挑子。无论怎样愤怒，也绝不要做出无可挽回的事情来。

至于最后一点，激怒别人和让别人息怒的关键都在于把握好时机。人在最急躁或心情最不好时最易激怒，这时若把所有关于他的事统统抖出来以表示对他的蔑视，这是任何人都难以忍受的。而若要抑制一个人的怒气，第一选择合适的时间去谈可能令他生气的事，第二不要在他受到伤害时还让他感觉到受人蔑视，而要设法把这种伤害解释为由误会、恐慌、一时冲动或其他什么因素造成的，但绝无轻蔑之意。

第五十八章
谈变迁

所罗门说："世上没有新事物。"柏拉图也发表见解，认为"一切知识不过是回忆。"所罗门又解释说，"所有新奇的事物，都只是被遗忘了的旧事。"由此看来，忘川不只是传说，似乎也真实的流淌在人世间。有一位玄妙的占星家说过："世上没有任何恒久不变的东西，除了两种，第一是天上的恒星，不远不近，永远就在那里；第二是昼夜更替，永远守时，分毫不差。万事万物皆电光石火，不能有片刻的存续。"毫无疑问，世间万物常变不息，永不停止。但是地震与洪水就像巨大的裹尸布，最终将这一切卷走掩埋。至于火灾和旱灾，并不能将人类完全毁灭。法厄同的车子仅仅跑了一天，以利亚时代三年的大旱也只限于一地，还没能将人类尽数毁灭。至于西印度经常发生的由雷电引起的大火，燃烧的范围也是有限的。但一场巨大的洪水与地震，却完全可以毁灭一切。可是，我们应该注意到，在地震和洪水这两种毁灭性的自然灾害中，幸存下来的人多是无知的山民，他们对过去和曾经经历的事情也说不出什么来，过往之事也就湮灭了。这种情况就跟大灾难之后万物尽毁是一样的。如果仔细研究西印度人民的历史，就会发现他们的历史很短，很有可能属于新一代的人种，年代要比旧大陆的人种晚一个纪元，由此可知，他们最有可能是曾经洪水灾后的幸存者，而不是如那位埃及僧人曾告诉梭伦的："大西洋中一个巨大海岛在一次地震后被海水吞没了。"因为地震在那个地区似乎并不多见，可是那里的河流却气势磅礴，亚非欧三洲上的大江大河与之相比也不过只是小溪而已。那里的安第斯山也比我们这里的山脉要高得多。若不是这些高山，当地那些居民可能就无法在洪水中幸免。马基雅弗利断言宗教仇恨是历史湮灭的罪魁祸首，还谴责大格里高利竭力毁灭一切异教文物，通过观察认为，宗教教派之间因妒生恨、相互争斗，也是往事被人遗忘的重要原因之一。但我并未发现这能产生很大效果或能持续很久，例如萨比尼安一继位，之前毁掉的文物也就恢复了。

天球的变迁不是我们这里要谈的。如果世界真能持续那么久的话，也许柏拉图的"大年"会生效，这种效果不是指让人们返魂重生（那只是某些人的臆想，脱离实际，认为天体对下界有着纤毫必至的影响），从广义上来说，宇宙各星球经历了所谓的"一个周期"之后，发生过的事物还会重现。毫无疑问，彗星对世间万物也有同样的影响。但是，人们大都通过仰望来关注它的运行方式，却很少观察分析它们给人类带来的影响，尤其是各类不同彗星及其影响，比如彗星的大小、颜色、光线类型、在天空中的位置、出现的周期及其所产生的影响等。

我曾听说过一种无关紧要的说法，在此提请各位的注意。在低地国家一带，具体哪个地区我也不很清楚，人们认为每隔三十五年，便会有同样的年景和气候出现。如霜冻、大雨、大旱、暖冬、酷夏等。他们把这种情形叫作“周而复始”。我之所以特意提到这一点，是因为回顾过去数年，好像确实存在这种情况。

现在放下自然界的变迁兴衰，来说说人间事务。人类社会中变化最大的莫过于宗教及宗教派别的兴衰沉浮。因为各派宗教就像各类天体一样对人的思想有巨大的影响。真正的宗教如磐石不可动摇，而各种异教则随着时间的流动而沉浮不定。那么我就说说新宗教兴起的原因，并给出我的浅见，使人们能够最低限度地了解宗教的重大变革。

当人们所信仰的现有宗教因为派别门户之争而分裂时，当宗教领袖的道德败坏、丑闻不断时，而又逢那个时代愚昧、野蛮，如果再有一个浮夸怪异的人起来倡导，那么你就会想到一种新的宗教要出现了。穆罕默德当年宣布他的教义的时候，这些要点都是具备的。假如没有以下两个特征，这种新教派就不可能被广为传播。一是对权威的反抗和颠覆，并有着取而代之的目的；没有比这更受普通人欢迎的了。二是放纵人们寻欢作乐行为。至于异端邪说（如古代的阿里乌派和现代的阿明尼乌派），虽然可以很大程度地启人心智，却很难对国家产生大的变革，除非借助于政治事件。新宗教的创立借助于三种形式：一是利用异象奇迹的力量；二是利用雄辩的口才和机智的说服；三是利用武力。殉教的行为，也属于奇迹范围之内，因为这种行为超越了人性的力量。我同样把虔诚的修炼看作是奇迹。防止新教派和异端兴起的最好方法就是改良旧宗教已有的弊端，调和小分歧。处理方法要灵活，尽量避免迫害和流血。对新教派的人恩威并施，通过奖赏和升职的办法把新教派首领争取过来，而不是用暴力和怨恨激怒他们。

战争中的变数有很多，主要包括战场、武器和战术。古代的战争多数情况下是由东向西打。波斯人、亚述人、阿拉伯人、鞑靼人，这些侵略者都是东方民族。高卢人是西方人，但在欧洲历史上他们只发动过两次战争，一次是侵略格莱西亚，另一次是侵略罗马。天上并没有指明东方和西方的恒定标记，我们也不能确定地说战争的方向是从东到西还是从西到东。但是，南方和北方却是确定的。住的靠南的人来侵略北方，这种事虽不能说从来没有过，也的确少见。相反，在历史上，我们经常看到北方民族侵略南方。由此可见，北方是天然尚武之地。不知是受北半球星象的影响，还是受北方都是大陆的影响——就目前所知，南方差不多全是海洋，或者是受北方寒冷气候的影响（这一点是最显而易见的），不用训练，这种气候就使人体格健壮、血气方刚。

一个大国分崩离析的时候，就可以确定要发生战争了。因为所有庞大的帝国都是消灭了被自己征服的本地人力量后，倚仗自己的军队保卫才屹立不倒。到了他们走向衰败、统一的力量不复存在的时候，一切就都瓦解了，他们也就难逃“人为刀俎，我为鱼肉”的下场。罗马帝国就是这样衰亡的。日耳曼帝国在查理大帝死后群雄割据，各争其首。西班牙帝国衰败的时候也难逃此运。同样，国家的联合与吞并也是会引起战争的。因为，一个国家过分强大的时候，就像洪水一样会泛滥的，如罗马、土耳其、西班牙等帝国，都足以证明了这点。如果世上野蛮民族几乎绝迹，那么人们除非掌握谋生之道，否则就不肯结婚生子（如今差不多世界各处的情形都是这样，鞑靼国除外），那就没有人口过剩的危险。但是，如果在原本人口密集的地方，人们只顾生养，不思生产自给自足之道，如果人口压力大到本国养活不了的程度，就不得不移民于外部。这种情况就在古代北方民族中发生过，他们常常通过抽签的办法决定谁去谁留。当一个本来好战的国家变得如此萎靡的时候，就一定会有人对其作战。因为，这样的国家到了如此衰颓的阶段往往是很富有的。一方面这个国家的财富对他国是一种诱惑，而另一方面其武力的衰颓也是一种鼓励，于是战争就开始了。

关于武器的发展，几乎可以说无章可循，随时代的变化而有所不同。印度奥克西德拉克城的守军很早就用火炮，马其顿人称它是雷电，有魔法。众所周知，中国人在两千多年前已经使用火炮了。关于武器的要求与改进有三点：其一，要能远距离作战，从而减少人员伤亡的危险，从火炮和火枪的使用就可以看出来。其二，杀伤力要大，枪炮就比各种冲车撞槌强。其三，就是方便搬运与使用，各种天气都照用不误。

关于战略战术，最初人们依仗的多是作战人员的数量，以多取胜，战争双方预先约定作战日期和地点，胜负还主要取决于武力和勇猛，并不懂排兵布阵。后来开始逐渐重视用精兵、抢占有利地势、诱敌深入等，排兵布阵也比较得法了。

在国家建立之初，武装力量要发达。到国力稳固时期，就开始重视知识的力量。在之后的鼎盛时期，武力与学术并举。在国家走下坡路的时代，才重视工艺和商业。学术的发展也是分阶段的；在初期，好比人的儿童时代，那时它才萌芽而且往往幼稚；然后进入学术的少年时代，朝气蓬勃却露于浅薄；此后进入厚积薄发的壮年期，而此时一过，学术就会不可避免地进入老年时代的衰微和枯竭。

以上是各个方面的变迁兴衰，对此看得太久了就会叫人头晕目眩。至于变迁的历史，无非就是许许多多的故事而已，就不宜在本文中一一引证了。